教育部人文社科规划基金项目“德语流亡文学中的历史小说研究”
（项目编号：15YJA752007）

主编 刘炜

罗特小说集

3 ·先王冢·

[奥地利] 约瑟夫·罗特 著 聂华 译

漓江出版社
桂 林

图书在版编目(CIP)数据

罗特小说集 3 先王冢 /(奥地利)约瑟夫·罗特 著;聂华 译;刘炜 编.
—桂林:漓江出版社, 2018.5
(罗特小说集)
ISBN 978-7-5407-8326-6

Ⅰ. ①罗… Ⅱ. ①约… ②聂… ③刘… Ⅲ. ①长篇小说－小说集－奥地利－现代 Ⅳ. ①I521.45

中国版本图书馆 CIP 数据核字(2017)第 256759 号

出版统筹:吴晓妮
丛书策划:周向荣
责任编辑:周向荣
封面设计:李诗彤

出版人:刘迪才
漓江出版社有限公司出版发行
广西桂林市南环路 22 号　邮政编码:541002
网址:http://www.lijiangbook.com
全国新华书店经销
销售热线:0773-2583322

北京汇瑞嘉合文化发展有限公司
(北京市经济技术开发区荣华南路 10 号院　邮政编码:100176)
开本:880mm×1 230mm　1/32
印张:6.75　插页:1　字数:150 千字
2018 年 5 月第 1 版　2018 年 5 月第 1 次印刷
定价:45.00 元

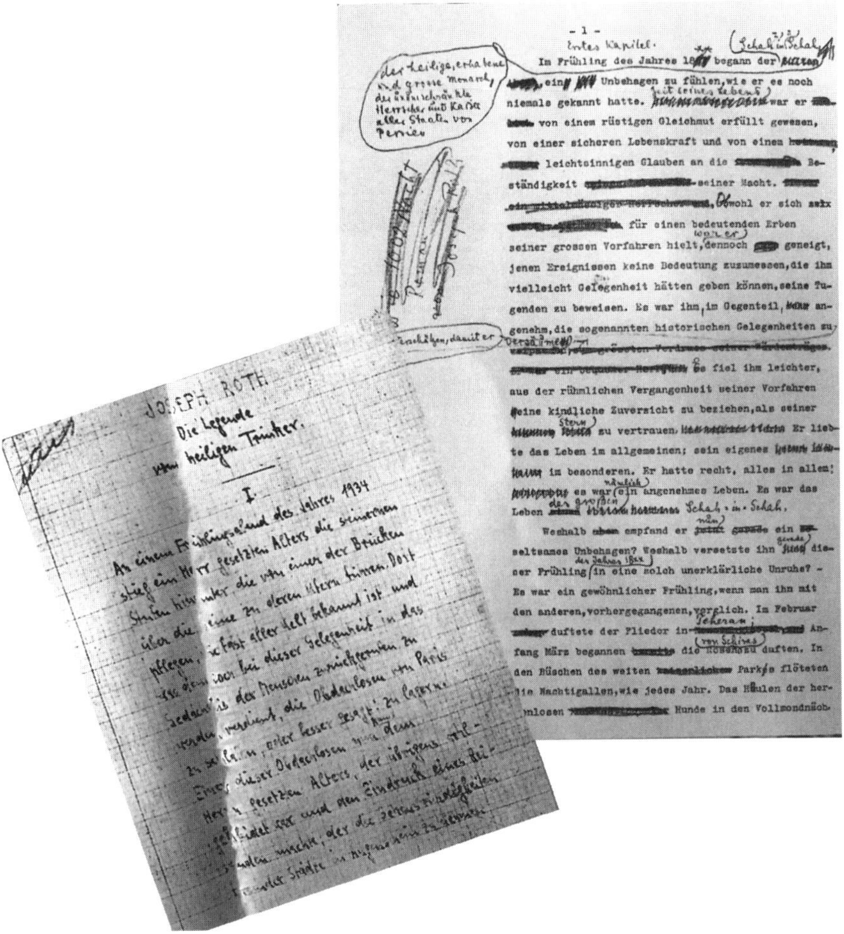
- 1 -

Erstes Kapitel.

Im Frühling des Jahres 18.. begann der [redacted] Unbehagen zu fühlen, wie er es noch niemals gekannt hatte. [redacted] war er [redacted] von einem rüstigen Gleichmut erfüllt gewesen, von einer sicheren Lebenskraft und von einem [redacted] leichtsinnigen Glauben an die [redacted] Beständigkeit [redacted] seiner Macht. [redacted] Obwohl er sich [redacted] für einen bedeutenden Erben seiner grossen Vorfahren hielt, dennoch [redacted] geneigt, jenen Ereignissen keine Bedeutung zuzumessen, die ihm vielleicht Gelegenheit hätten geben können, seine Tugenden zu beweisen. Es war ihm, im Gegenteil, [redacted] angenehm, die sogenannten historischen Gelegenheiten zu [redacted] es fiel ihm leichter, aus der rühmlichen Vergangenheit seiner Vorfahren seine kindliche Zuversicht zu beziehen, als seinem [redacted] zu vertrauen. [redacted] Er liebte das Leben im allgemeinen; sein eigenes [redacted] im besonderen. Er hatte recht, alles in allem; [redacted] es war ein angenehmes Leben. Es war das Leben [redacted]

Weshalb [redacted] empfand er [redacted] ein [redacted] seltsames Unbehagen? Weshalb versetzte ihn [redacted] dieser Frühling in eine solch unerklärliche Unruhe? – Es war ein gewöhnlicher Frühling, wenn man ihn mit den anderen, vorhergegangenen, verglich. Im Februar [redacted] duftete der Flieder in [redacted] Anfang März begannen [redacted] die Rosen [redacted] duften. In den Büschen des weiten [redacted] Parks flöteten die Nachtigallen, wie jedes Jahr. Das Heulen der herrenlosen [redacted] Hunde in den Vollmondnäch-

JOSEPH ROTH

Die Legende vom heiligen Trinker.

I.

An einem Frühlingsabend des Jahres 1934 stieg ein Herr gesetzten Alters die steinernen Stufen hinunter, die von einer der Brücken über die Seine zu deren Ufern führen. Dort pflegen, ...

约瑟夫・罗特手稿

约瑟夫·罗特（右）与斯蒂芬·茨威格

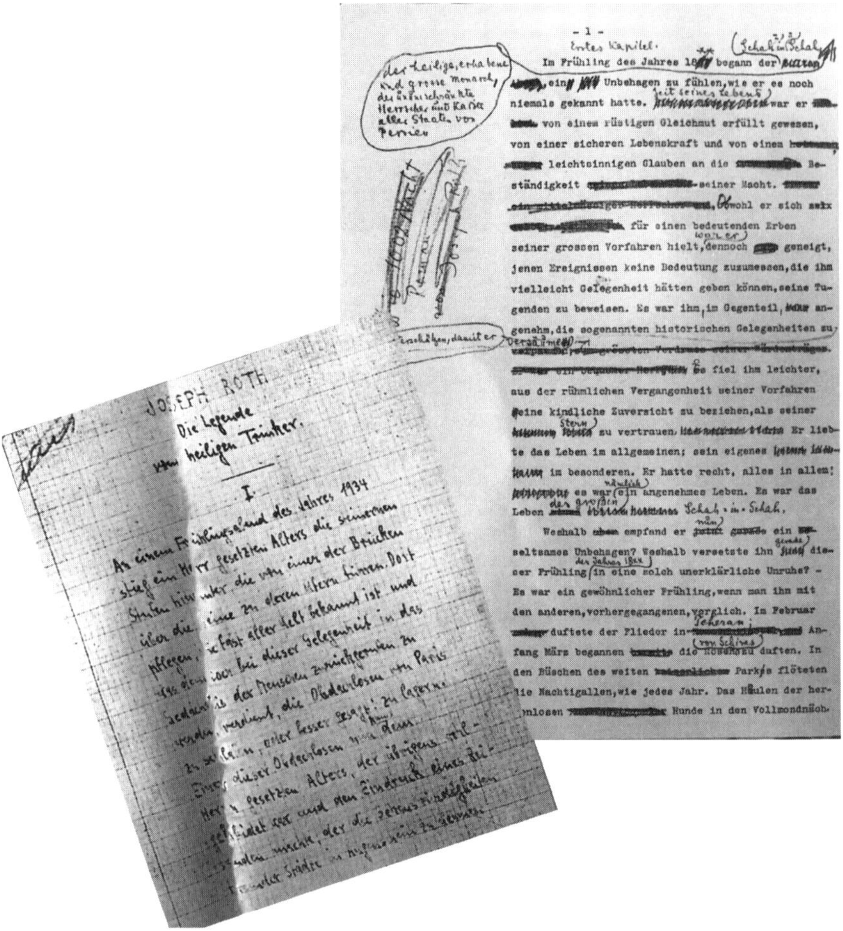
JOSEPH ROTH
Die Legende vom heiligen Trinker.
I.
- 1 -
Erstes Kapitel.
Im Frühling des Jahres 18[redacted] begann der [redacted], ein[redacted] Unbehagen zu fühlen, wie er es noch niemals gekannt hatte. [redacted] war er [redacted] von einem rüstigen Gleichmut erfüllt gewesen, von einer sicheren Lebenskraft und von einem [redacted] leichtsinnigen Glauben an die [redacted] Beständigkeit [redacted] seiner Macht. [redacted] Obwohl er sich [redacted] für einen bedeutenden Erben seiner grossen Vorfahren hielt, dennoch [redacted] geneigt, jenen Ereignissen keine Bedeutung zuzumessen, die ihm vielleicht Gelegenheit hätten geben können, seine Tugenden zu beweisen. Es war ihm, im Gegenteil, [redacted] angenehm, die sogenannten historischen Gelegenheiten zu [redacted] Es fiel ihm leichter, aus der rühmlichen Vergangenheit seiner Vorfahren seine kindliche Zuversicht zu beziehen, als seiner [redacted] Stern zu vertrauen. [redacted] Er liebte das Leben im allgemeinen; sein eigenes [redacted] im besonderen. Er hatte recht, alles in allem; [redacted] es war ein angenehmes Leben. Es war das Leben [redacted] Schah-in-Schah.
Weshalb [redacted] empfand er [redacted] ein [redacted] seltsames Unbehagen? Weshalb versetzte ihn [redacted] dieser Frühling in eine solch unerklärliche Unruhe? – Es war ein gewöhnlicher Frühling, wenn man ihn mit den anderen, vorhergegangenen, verglich. Im Februar [redacted] duftete der Flieder in [redacted] Anfang März begannen [redacted] die Rosen zu duften. In den Büschen des weiten [redacted] Parks flöteten die Nachtigallen, wie jedes Jahr. Das Heulen der herrenlosen [redacted] Hunde in den Vollmondnäch-

约瑟夫·罗特手稿

约瑟夫·罗特：帝国与流放的迷宫

[南非]纳丁·戈迪默
(1991年诺贝尔文学奖获得者)

我写约瑟夫·罗特(Joseph Roth)时带有某种戒备。权威人士会说我不够格,我承认因为我不懂德语,不能读原文。我怎能否认这个缺失——他使用的语言必定像音乐般高低交错,我却对之完全失聪?但是,我相信我根据自己的环境和时代已经懂得了他。作品具有生命力的作家必定永远处于这样一个进程中——正是这一点使其作品保持活力。

奇怪的是,我刚刚写罢这些,轮回的力量(或是历史的结局?)把罗特作品的核心环境又带回来重新上演。

通过罗特,我们看到了一个社会——奥匈帝国及其象征,弗兰茨·约瑟夫皇帝;在这个帝国的强大威权下,不同的民族被迫形成政治上的统一。这里,各种形式的民族起义兴起,反抗着皇权,导致了萨拉热窝事件和第一次世界大战。二战之后,这些赢得自治的民族又聚集成另一种不同的集体,一系列的动荡不安和反抗再一次导致了霸权的崩溃。罗特那些关于斯洛文尼亚人和克罗地亚人的段落，无需修改，就可以看作1991年南斯拉夫状况的写照。

罗特，正通过书封照片向外看。面孔圈在小小的框里，好像戴着死亡面具。眼睛是两个黑洞，胡须的黑影将双唇要说出的秘密坚忍地隐起。其整个一生都铸在这里。这张脸另有一种印象：茫然的双眼，有很重的眼睑，占据了脸上相当比例，好似注定要投入到这个世界上受苦的神秘胎儿的凝视。

罗特写道："我在工作，我的小说将是不错的作品，我相信，比我的生活更完美。"①一些译本的序言反映出他经历的穷困生活的事实：1894年出生于加利西亚，一战期间服役于奥匈步兵，在维也纳、柏林和布拉格当记者，1933年前往法国，因反对纳粹而流亡，期间写作了十五部中、长篇小说，1939年因酗酒死于巴黎。我没找到英文的罗特传记。在重读了现有的罗特作品之后，我很高兴，因为，我理解他的方法正是作家自身所认可的理解其作品的关键，那就是作品本身。让文学批评的各个流派、贪婪的小人在读懂作品文本之前去追踪作家的生平事迹吧。

另一位伟大的作家罗伯特·穆齐尔与罗特生活在奥匈帝国的同一时代，不过从未谋面。穆齐尔借着主人公乌尔利希

---

① 比阿特丽斯·马斯格雷夫介绍《假秤》（*Weights and Measures*, Everyman's Library, 1983，第9页）一书时，引述了罗特给译者布兰奇·基顿的信。罗特有些年住在巴黎，他的两部小说《美的凯旋》和《皇帝的胸像》最初是用法语写成的。《美的凯旋》似乎未曾以德文出版过。

之口说出:“一个人对他的时代感到气愤,难免会伤到自己。”[1]只需读一读罗特的愤怒所产生的伟大作品,你就会知道他是被自己的愤怒毁灭的。罗特的作品全面描绘的**人类悲剧**远非现代小说技术所能够企及。没有其他当代作家,包括托马斯·曼,能够接近他的全面,罗特已达峰顶——我们不断尝试着攀向又陡又滑的峰顶——卢卡奇形容它为难以达到的目标。从最初的小说《蛛网》(*The Spider's Web*,1923)、《萨沃伊饭店》(*Hotel Savoy*, 1924)——这是唯一一部使用类似于乔治·格罗兹和奥托·迪克斯表现主义漫画语汇的小说,罗特对此甚为满意——到《无尽的逃亡》(*Flight Without End*, 1927)、《沉默的先知》(*The Slilent Prophet*, 1928?)[2]以及其他所有作品,也许要除去中篇小说《齐珀与他的父亲》(*Zipper and His Father*, 1928)和《伐尔麦耶站长》(*Fallmerayer the Stationmaster*, 1933),他平凡的故事主人公无一例外都是士兵、被释放的战俘,还有被抛弃的人:从前的贵族、中产阶级、农民和罪犯,各自想尽办法熬过了1914年至1918年的战争,身份都发生了改变。这不只意味着出于生存需要而残忍、卑鄙,还

① 罗伯特·穆齐尔:《没有个性的人》(*The Man Without Qualities*, Secker & Warburg, 1961)。穆齐尔生于1880年,虽然长期被忽视,但也不及罗特被忽视那么久。穆齐尔50年代成为世界文坛上的显赫人物。而还需要再等上二十年,罗特的作品才会在德国再版,且不论翻译作品。1995年,索菲·威尔金斯和伯顿·派克翻译出版了一套新的、更全的穆齐尔小说集。

② 《沉默的先知》是从发表的作品中整理出来的,除了1929年发表在《24小时德国新旁白》和《新评论报》上的一些片段,这部小说在1966年才得以发表,那时罗特已去世很久了。这部作品似乎是断断续续完成的,写了很多年。其主要人物卡根,可能是以托洛茨基为原型刻画的。

意味着作为特罗塔王朝的最后成员,他们"被认为不宜死去"①。

所有的年轻人都面临着共产主义和法西斯主义两种出路,作为绝望和消极之外的另一种选择。而对于他们的父辈,即使这样的选择也没有,只有在记忆的深渊中老去。所有的人,青年人和老年人都是多余的人,超出了莱蒙托夫的设想。在这种境况下,女人是他们的陪伴。虽然罗特经常把女性写得入木三分,显示出乔伊斯式的移情,可是,他是通过女性对男人的影响来看待她们的。"我们爱他们代表的世界,以及他们为我们规定的命运。"②他笔下的女性很少决意拒绝男人为她们制定的解决方案,她们总是默默相信生活能给她们的少得可怜,不论决定她们必须在狱中还是在妓院生活,或是沦落为贫困的年老的贵妇人。她们比男人强不了多少,她们纵容、密谋。即使他把她们写成最狡猾、最无所顾忌地进行破坏的人,也仍然赋予了她们精神性。若从他的作品中读他的生活,显然可见罗特饱受爱的折磨,怨恨不已。在他的多数作品中,被追求的女子代表着异性的折磨,不可企及。

罗特全部作品奇妙的完整性是通过三个方面达到的。除了常规的从这一部贯穿到下一部的跨小说的人物,还通过更大胆的成功的冒险来考验他自己的创造力,赋予不同小说不同或类似(更需要技术)背景下的相似环境以不同的格调。传

① 约瑟夫·罗特:《先生冢》(*The Emperor's Tomb*, Chatto & Windus),第119页。
② 约瑟夫·罗特:《右与左》(*Right and Left*, Chatto & Windus),第48页。

统的对立本身，即独裁/革命，获得了一种悖论的整体性，投入包含所有价值的溶液中，对此，他用了极妙的具象比喻：雅德洛夫克旅店即说明了弗兰茨·约瑟夫帝国与沙皇帝国之间的边境，卡普图拉特在这里藏匿着俄国逃兵，想把他们卖到美国和澳大利亚去。人们之间唯一的联系是走私贩运，这个买卖是帝国打得两败俱伤之后唯一剩下的东西，也是在以后的混乱中唯一存活的机制，20世纪早期的阶级冲突也因它而起。

所有这一切以罗特的短句(petite phrase)体现在一部伟大作品中，它不是施特劳斯的华尔兹，而是《拉德茨基进行曲》。它的节拍从旅店奏出，穿过维也纳，响彻弗兰茨·约瑟夫王朝的乡村和城市，直达那些以柏林为背景的小说中；在柏林，另一个王朝的雄鹰只有一个脑袋。对罗特来说，这是历史的边界。它并非源于对过去的记录——如《战争与和平》——而是由当时的一个人即时叙述，完全由他独自一人。这并非是草率的文字上的价值评判，而是有助于解读作者生平的作品：这位作者疯狂沉迷于他的时代。从这个时代，他可以听到过去的鼓声传到未来。

穆齐尔的呼唤在那个时代是奇妙的道白，而罗特的呼唤则是作者奇妙地隐退于他所创造的对这个时代各诉其衷、相互碰撞的众多人物之中。他好像是一个流浪者，徒劳地试图挣脱国家的锁链。他很少以作者的身份表达具体内容。《齐珀与他的父亲》的奇特结尾，明显地在某种上程度上承认，他最为温柔的这部作品(穆齐尔和罗特的处境使他们都喜欢冷嘲热讽,而罗特较为温柔,穆齐尔较为戏谑)是用自传的形式对过去表达一种致意。还有他为《沉默的先知》写的序言,这是他最具政治现实、被认为幻想最少的作品。在这篇序言中,他阐述了个人与政治的关系,也是他作品的普遍主题,这是他表达作者本意最清楚的一次。他说他的人物不是"要例证一个政治观点,至多它(人生故事)只是论证了古老永恒的真理:个人最后总会被打败"①。王朝就是锁住个人的脚镣。反对王朝的政治运动,目的本是解放人们,而在罗特看来,又添上一副脚镣,革命者发现自己又被这副脚镣所羁绊。

罗特试图传达一个复杂的政治概念,不带有词汇的训诫、修饰和术语。在《无尽的逃亡》中,弗兰茨不幸的经历,对革命左派的失望,展现出曾为革命者的罗特本人的经历,这些比任何对他个人的研究说得更明白,也指明了其小说中贯穿的令读者不安的悖论。老保皇派、资本家、国王的政教一体的等级社会在世界上有神圣的权威。他们的军队是专门选出的全副铠甲的武士,服务于这些神明。他无情地披露出他们既陈腐又嗜血的嘴脸。而必要的以暴抗暴的革命以及之后理想退化成乏味的官僚主义——这无疑是20世纪典型的悲剧——使他走向反面,在他原先的目标——父亲、母亲、保皇党、保皇党的地主和市政官员身上,显示出永久的价值观,这正是他曾经批判过的。

---

① 罗特:《沉默的先知》(The Overlook Press),第9页。

这在他令人眼花缭乱的小说辩证中很难合成。步他后尘的切斯瓦夫·米沃什解释了这个难题："不能安于暴君,不能安于共和,在前者我向往自由,在后者我预期腐败的结局。"①在另一场世界大战中,理想的崩溃和新的狂热的升起,岂不是让我们无所适从,只有倾向旧有的保守主义?我感到不安,我最崇拜的作家——罗特、昆德拉、米沃什、莱维、契斯,他们都依个人经验拒绝左派;而对后者的发展,我却一直寄予希望。也许这是因为只有当作家有(自私的?)自由不受限于忠诚时,才会成为更好的作家?或者他们的特质来自被放逐的不可承受的自由——并非有意识的因袭……也许除了普里莫·莱维(Primo Levi),其余作家与罗特一样,都用逐渐、缓慢的方式进行揭露,这种幻灭的力量是最强有力的。他们的主人公失去理性、遭遇厌弃,痛苦地维持着与环境已格格不入的家乡和习性,以及此间的必要联结,这让他们变得无力,并成了作者创造的力量。罗特是一个突出的典范。

1928—1938年标志着罗特技艺的顶峰。不过,他的小说创作时间(写作日期而非出版日期)②往往不确定,因为在兵荒马乱中,有些不是按顺序发表的。《拉德茨基进行曲》(1932)、《假秤》(1937)和《先王冢》(1938)既是其小说的巅

① 切斯瓦夫·米沃什:《诗选》之《致杰雷饶》(*Selected Poems*, The Ecco Press,1980),第29页。

② 我注的日期通常是德文原著第一次出版的日期。

峰之作,也是其他小说的核心,围绕着这个核心形成一个多层面的宏大的作品。《齐珀与他的父亲》(1928)和《伐尔麦耶站长》(1933)作为一种有趣的尾声,是对另一种感情范围的探究,预示着如果罗特上了年纪,过上另一种生活,将会成为的那种作家。不过,我们并不盼望他有什么改变。

罗特是犹太人,在犹太人所遭受迫害日益加剧的年代被迫流亡。但作为作家,在政治方面,他一直保留着呈现出自己所感知的一切的权利。边境上犹太旅店的主人盘剥逃逸者。犹太人的反犹看起来有些怪异。《无尽的逃亡》中一个大学俱乐部限制犹太人加入,而执行这个条款的是已经加入此俱乐部的犹太人。罗特写《右与左》时,似乎是咬牙切齿,一个人都不放过,他在其中不怀好意地细致描画出伯恩斯坦夫人面对犹太人时势利/反犹的样子,而她隐瞒了自己本是犹太人的事实。当席间有人似乎要讲一个笑话,她"即刻脸色阴沉下来,慌乱地一语不发,担心会提到犹太人"①。但是,《先王冢》中的马车夫齐珀老人,像曼恩斯·莱辛格一样,有着种种优良的品性——他在艰难中保持着善良、正直和幽默,为了知识本身而热爱知识——并且,喜欢犹太人的怪癖和神话。罗特怀着喜爱之情幽默地刻画了这个人物,这种方式被艾萨克·巴什维斯·辛格所继承——不论他是否出于自觉。

《伐尔麦耶》是一个优美的爱情故事,乡村火车站站长伐

① 罗特,《右与左》。

尔麦耶对波兰公爵夫人怀有一腔热情,后者进入他的生活纯属偶然(火车相撞)。在罗特的俘虏营,或战后尔虞我诈的维也纳和柏林,这种柔情断然不会存在,毫无疑问会凋谢。故事发生在那个年代,却又似乎属于富于想象的隐秘的与世隔绝的地方,远离逢场作戏、玩世不恭、冷酷的背叛等这些罗特大多作品中的男女爱情的特征。伐尔麦耶帮忙把伤者运离毁坏的车厢,遇到了担架上的女人,裹着银灰的皮大衣,在雨里,“站长觉得这个女子……像在震耳欲聋的喧嚣的大海中央,躺在一片安静的白色的岛上,她本人就散发出无声的气息”①。

他的核心作品《拉德茨基进行曲》和《先王冢》实际上是一部,它们各自完美地自成一体,作为一个完美的整体又超越了各自的美妙。封面标明它们是家族故事,因为《拉德茨基进行曲》写了特罗塔家族一支的四代人,《先王冢》中写了另外两支。但它们不是沉闷的一代一代的系列小故事。似乎在开始写作《拉德茨基》几年之后,罗特才发现这部小说所开启的局面,他因此放弃了很多还会引向另外的黑暗的故事,不再涉及。对于一些关系的变化,他还没有最后决定:他还需要把玩,让它们自显真身,展示出其他的复杂层面。因此,如果读者终于领略到《拉德茨基》的写作天才,就会知道此书对父子关系的描绘揭示了一个尚未探究的方面,那就是《先王冢》中

① 罗特:《萨沃伊饭店》之《伐尔麦耶站长》,其中还包括《皇帝的胸像》(*The Bust of the Emperor*, Chatto & Windus),第131页。

的母子关系。这不是简单的镜像,而是作者在不断深入探究这一最神秘、最具有决定性的人类关系——其影响是潜在的,往往比两性关系更持久。我们既是子女又是父母,这种状态将一直持续到死亡。

罗特的主题不论如何强烈,都从不单一进行。总有别的主题出现,碰撞、冲击,加强自身以及其他主题的力量。父子、母子关系与人们之间种种关系结合在一起成为政治性的决心,如同网格笼罩着人们的生活。这种结合带着一种现象上的崇拜(一种外部的、神圣的)的需求,使得一个鼻子上总挂着泪滴的老人弗兰茨·约瑟夫成为皇帝和神明;这里还通过都市和乡村生活显示出来一种隐喻:一个时代带着置它于死地的病因,使大半个世界随之而去。

“虽然命运选择了他(特罗塔)来完成辉煌业绩,而他却故意让自己在后人的记忆中变得模糊不清。”①

罗特多么确切地了解怎样开头!上面正是《拉德茨基》开场白的第四句。他在描述严肃的事情时总带有一种荒诞感。弱小(个人)与强大(帝国)对峙,是什么导致事情的扭曲变形?读着故事,读者将根据这个线索,不仅洞察记忆是如何变模糊的,还会理解记忆将如何一代代发展、变迁,成为帝国神

① 罗特:《拉德茨基进行曲》(The Overlook Press/Tusk)。(此处译文根据戈迪默的英文引文译出,与本套书中依据德语的译文不同,可供读者对比参照。下同。编注。)

秘权力之中的神话。

辉煌业绩不是在回顾中叙述的。我们跟随着索尔弗里诺步兵团少尉特罗塔进入索尔弗里诺战役,他这个底层的士兵挺身而出,把弗兰茨·约瑟夫皇帝推到地上,自己挨了一枪,从而使皇帝安然无恙。特罗塔得到表彰和晋升。这个传统的英雄故事,适于做学校教材里鼓舞人心的一篇课文,它的确也成为了这样一篇课文。约瑟夫·特罗塔上尉,被封以贵族头衔"封·齐波尔耶",这是他的村庄的名字。可是,他仍保有一种不可动摇的诚实的品格。他在儿子的课本上读到自己的所作所为被过分夸大为索尔弗里诺英雄,感到极为不安。在小说中最精彩的段落里,特罗塔做出了一个举动,预演了后来另一位特罗塔将步其后尘的一幕。他就此事向皇帝本人发难,皇帝回答说:"听着,亲爱的特罗塔,你知道,我们在故事里都显得不算差。算了吧。"特罗塔上尉回答说:"陛下,那是谎话。"

当"世界的稳定、法律的力量、皇家的显赫由欺诈来维持"时,诚实是否就变得可笑?特罗塔离开了所喜爱的队伍,又因地位和头衔而受到当农民的父亲的疏远,生活单调乏味,最终忍痛没有允许他的儿子弗兰茨入伍,而是让他当上了地方长官。

特罗塔的第三代,地方长官的儿子卡尔·约瑟夫——按照罗特准确无误的时间感,进入叙事时他已经十五岁——听着地方军乐队在他父亲的阳台下演奏《拉德茨基进行曲》。地方长官的理想破灭,苦于父亲的缺失,他本人只会补偿自己的儿子,同样也做出妥协的交换。但是,罗特向读者而非书中的男孩表达意旨:地方长官的内心有一种东西蠢蠢欲动。笼罩在祖父索尔弗里诺英雄的肖像下,孤独的卡尔·约瑟夫从骑兵学校回到家中。为了弥补自己没当上军人的缺憾,地方长官把儿子送入军校。儿子被宪兵队卫队长撩人的妻子所引诱。当她死于难产时,卡尔·约瑟夫对父亲隐藏了自己巨大的悲伤,去拜访军士长斯拉马表示慰问,对方却还给他一叠情书,那是他先前写给卫队长妻子的。"这是给您的,男爵大人……我希望您能原谅我,这是地方长官的命令。我夫人一去世我就将这些书信交给他了。"[①]接下来有个精彩场面,罗特在其晚期的作品中极为擅长这种简单扼要的戏剧性叙事。绝望的卡尔·约瑟夫来到村里的咖啡馆,想喝上一杯白兰地,他的父亲正在那儿。地方长官放下正在看的报纸,对儿子说:"她给你喝的白兰地是劣等货……告诉那个女招待,我们只喝轩尼诗。"

这一情节之后,你还没喘上气来,紧接着又有一个辛辣讽刺的结局。父子俩一起走回家,经过地方长官办公室门口,看到戴着头盔的斯拉马,步枪上着刺刀,腋下夹着账本。封·特罗塔大人说:"日安,我亲爱的斯拉马!一切正常,我猜是。"斯拉马应道:"一切正常,大人,一切正常。"

索尔弗里诺的英雄画像萦绕在卡尔·约瑟夫心中,虽然他自己不适应军旅生涯,无所作为,却也梦想着像祖父一样救

---

① 罗特:《拉德茨基进行曲》。

下皇帝的性命。卡尔·约瑟夫是个失败者,斯拉马太太的死(罗特让我们自己猜测,那个让她搭上性命的未出生的孩子也许是卡尔·约瑟夫的),唯一的朋友在决斗中丢掉了性命,这两件事缠绕着他。他唯一一次实现梦想是为一家妓院的不敬大为光火,撕下了贴在墙上的廉价的皇帝画像复制品——而这个形象也是他毕生挥之不去的一个梦魇。在约瑟夫皇帝登基七十周年的狂欢舞会上,罗特又重新全面审视了这个小场景。这个舞会按照穆齐尔的狄俄提玛的普天同庆的计划所设,应当是由费利尼导演的大场面,正在此时,消息传来,皇帝的儿子在萨拉热窝遭到刺杀。一些匈牙利人大声欢呼:“我们都应当高兴才是,这个蠢猪完蛋了!”喝醉了的特罗塔却想逞英雄,说:“我祖父救过皇帝的命……我不能眼看着王朝受辱!”只可惜,他被上司赶了出去。

这个地方长官的儿子成天赌博酗酒,自甘堕落,罗特由此展开了其父亲渴望释放的心曲。年长的地方长官没有意识到与老仆人雅克韦斯的紧密联系——在小说中有两个极妙的背景,这是其中之一,在此被完美地传达出来:雅克韦斯死了,首先只是阶层的恼恨,因为他不能准时把邮件送到早餐桌上;之后,是逝去的社会秩序中两位老人之间等级差别的消失,随着生命的消失而消失。

第二个背景即对此作出回应,也拉回一个不断呈现的场面,这个场面深藏于层层堆积的种种后果之下。年纪的平等和社会的瓦解无视等级,地方长官一方面与自己从前的仆人平等了,在古老等级的另一端,他与至高无上的皇帝也有了同样的联系。在皇帝追忆索尔弗里诺英雄的一次觐见中,地方长官同样去请求皇帝,这次是为了卡尔·约瑟夫不光彩的退役而说情。老迈的皇帝这样说到卡尔·约瑟夫,"'上次检阅时,我见过那个小伙子。'这让对方有些困惑,他于是解释说:'你知道,他救了我的命。或者,救我的是你?'一个陌生人此刻如果看到他们,一定会以为两人是兄弟……一个以为自己变成了地方长官,一个以为自己变成了皇帝。""罗特杰作的统一性"体现在这种最高级的想象力上,瓦尔特·本雅明称之为"折扇一般延展,一经展开,层层变幻,引人惊叹"①。

卡尔·约瑟夫对罢工者开枪时,听到他们唱着一首他从未听过的歌,那就是《国际歌》。同时,他想逃回到特罗塔家族最初的农民家庭。没法退回到"清白无辜"的过去,夹在注定灭亡的王朝和即将到来的革命之间,罗特给出的解决办法极为讽刺又十分感人——坚持赤裸的人性,却受到各方的鞭笞。1914 年,为了给士兵找水,他带领队伍进入了敌人的火力,"特罗塔中尉死了,手上拿的不是剑,而是两桶水"②。

在《先王冢》中,卡尔·约瑟夫的堂兄跟他从未见过。而罗特知道如何给读者带来震颤(frisson),不经意地提起他和卡尔·约瑟夫曾经参加了同一场战役,后者在其中死去。这

① 瓦尔特·本雅明:《回想:随笔、警句、自传》之《单向街》(*Reflections: Essays, Aphorisms, Autobiographical Writings*, Schocken Books)。

② 罗特:《拉德茨基进行曲》,第 309 页。

位特罗塔确实与特罗塔家族中农民的一支有关联。根据他所从事的活动,他似乎是个时髦的激进分子,与另一位堂兄约瑟夫·布兰科有来往。布兰科来自罗特熟悉的边境小镇,是个流动小贩,卖烤栗子。这位特罗塔夹在母亲和妻子之间:他的母亲像地方长官一样,不善于表达自己的爱;他在新婚之夜抛下妻子,去守护将死的仆人(地方长官和雅克韦斯之间的相守再次呈现),妻子从此变成了同性恋。他与表兄布兰科及其朋友——一位犹太马车夫的关系十分亲密。他们一起奔赴战场,被俘后逃跑,一起在西伯利亚生活。在罗特长篇巨著中最为深刻地反思命运的这一部分,他们确证了作者的认识:人类关系中的协调一致不是一种美德,而是低级小说家的发明。这三人理想的情谊沿着不可预料的时间线而破裂,犹如特罗塔对妻子的爱和无情混杂在一起,以及妻子总是逃离他们的感情生活中似乎应有的结局,这些与战时和战后裹挟他们的动荡是一致的。如同罗特所有的作品,这一部分也是人物众多,就像所有19世纪的小说一样,心理描写十分巧妙,特别是在特罗塔的母亲身上,以及母子之间关系急转直下的悲剧与令人费解的满足感。只是,这是罗特最后的作品,在他去世前一年才出版。这一年,在他的世界和时代,第二场战争蓄势待发。尽管他在这部之后又写了至少两部小说,依我之见,将故事结束在特罗塔咖啡馆,才是故事的高潮。在那一晚,“朋友们的兴奋在我看来有些多余”[1]——在读者看来也是如此，直至罗特用历史的一击打散了这个场景，才作出解释，“咖啡馆的门猛地打开，一个穿着奇怪的年轻人出现在门口，他穿的实际是一双长筒黑皮靴，戴的军帽让我同时想起便盆和漫画上我们的老式奥地利帽子”。

德奥合并到来了。咖啡馆空无一人，包括它的犹太东家。后边有一大段不知所终的书写，灵光一现的内容与形式高度融合，讲述各种价值观的灰飞烟灭，包括爱情观，琐碎、偶然、突然的下意识于是取而代之。特罗塔坐在空荡荡的咖啡馆里，只有看门狗上来迎接他。他对着消失了的侍者吆喝：“弗兰茨，结账！”又对着狗说同样的话：“弗兰茨，结账！”在破晓时分，狗跟着他来到了墙上画着“神奇的十字架”的地方。他发现自己来到了皇家墓穴，也就是皇帝的墓地：“我的皇帝就躺在铁做的灵柩中，埋在地下……我要见皇帝的灵柩，弗兰茨·约瑟夫……皇帝万岁！”管事的方济各会僧侣将他轰走。这时他问：“那我能去哪里？我，一个特罗塔？”

我了解约瑟夫·罗特的一些生平故事，它们足以让我意识到，他本人就死在一家咖啡馆——这个流放者的骷髅地。

（本文选自《在希望与历史之间》，纳丁·戈迪默著，汪小英译，漓江出版社 2016 年第 1 版，收入本书时译文有所修订。）

---

① 罗特：《先王冢》，第 132 页。

先王冢

一

我们姓特罗塔。家族来自斯洛文尼亚的齐波尔耶。我说的是“家族”,因为我们并非来自一个家庭。齐波尔耶已经不存在了,早就没有了。几个邻近的村庄合并成现在的一个大村落。如您所知,这是时代的意志——人们不能独自待着,大伙儿必须组成无意义的群体;村庄也不能独自存在,因此诞生了无意义的组织;农民涌进城里,村落也想变成城市。

当我还是一个男孩时,我并不了解齐波尔耶。在某年8月17日,皇帝弗兰茨·约瑟夫一世生日的前夕,父亲曾经带着我去过一次。8月18日那一天,这个君主国所有的村庄,包括最小的,都在庆祝弗兰茨·约瑟夫一世的生日。

在今日的奥地利及其前王室领地,我们家族的姓氏只能唤起少数人的记忆。但是在前奥匈帝国军队的那些已经遗失了的记录册中,曾经记载着我们的姓氏。我承认,正因为这些记录册不知所终,我才感到骄傲。我不属于这个时代,我几乎把自己直接称为“时代的敌人”。正如我过去经常宣称的那样,我一点也不理解这个时代。这其实只是一个无恶意的托词。我由于懒惰,只想简单些,同时又不想变得粗鲁或充满敌意,因此才说自己不理解,其实我更想说的是:我厌恶或鄙视这个时代。我听觉敏锐,但装作耳背。我认为,伪装残疾比承认听到了粗俗的声响更为高贵。

我祖父的兄弟是个朴实的步兵少尉,他在索尔弗里诺战役中救了皇帝弗兰茨·约瑟夫的命。皇帝加封少尉为贵族。很长一段时间里,帝国军队以及奥匈帝国的读本称颂他为索尔弗里诺的英雄,直至他实现愿望——遗忘之影降临。后来,他辞别人世,长眠在席津一地。他的墓碑上镌刻着沉默而骄傲的墓志铭:"索尔弗里诺的英雄安息于此。"

皇帝的恩宠惠及这位英雄的儿子和孙子。儿子做到地方行政长官。孙子成为步兵少尉,1914 年秋在克拉斯内-布斯克战役中阵亡。我从没见过他,也从未见过这个获得贵族称号的家族分支里的任何人。有贵族称号的特罗塔们虔敬地成为弗兰茨·约瑟夫忠诚的仆人。我父亲则是个叛逆的特罗塔。

我的父亲是反叛者和爱国者,这是一种仅存在于前奥匈帝国的类型。他想通过改造帝国来拯救哈布斯堡王朝。他对奥地利君主政体含义的理解过于深刻,反而因此产生了怀疑,不得不离它而去。他年轻时去了美国,那时他还是个化学家。彼时,纽约和芝加哥那儿急剧增长的油漆厂需要像他这样的人。在贫困的日子里,他大概只怀念故乡的烧酒。但是,当他终于发达之后,他开始思念奥地利。他回来了,定居在维也纳。他有钱,奥地利警察喜欢有钱人。他因而未受阻扰地在维也纳定居下来,甚至着手组建一个斯洛文尼亚新政党,他还在阿格拉姆买下了两家报社。

父亲在皇位继承人弗兰茨·斐迪南大公的周围结交了一批很有影响力的朋友。他梦想建立一个哈布斯堡家族统治下的斯拉夫王国,一个由奥地利人、匈牙利人和斯拉夫人构成的君主国。作为他的儿子,我似乎可以认为:如果父亲能活得更长久一些,或许他能改变历史进程。但是他死了,大约死在弗兰茨·斐迪南被刺杀的一年半之前。我是他的独生子。他在遗嘱中叮嘱我千万要继承他的思想。他还特意在我受洗时给我取名为弗兰茨·斐迪南。但我那时年轻并且愚蠢,其实应该说是一种轻浮。我绝对是轻浮的。就像人们评价的那样:我那时无忧无虑。不!这种说法是错误的,应该是:我无忧无虑地度过夜晚,我无忧无虑地在白日睡去!

二

1913 年 4 月的一个早晨,我还在熟睡中——两个小时前我才回家。用人前来报告,一位自称是我堂兄的特罗塔先生到访。

我穿着睡袍，踩着拖鞋，走进前厅。窗户敞开着。花园里早起的乌鸫卖力地鸣啭。房间里弥漫着愉悦的晨曦。女佣系着蓝色围裙，迄今为止我从未在这么早的时间见到过她，因此她让我感到陌生。我原先只知道她年轻，穿着金黄色、黑色和白色相间的衣服，像一面旗帜。我第一次看见她罩着一件深蓝色衣服，像装配工人和煤气抄表员穿的那种，手上拿着紫红色的除尘掸子。仅仅她的注视似乎就足以令我对生活展开全新而陌生的想象了。若干年来，我第一次在我的房子里看见清晨，我发现，清晨很美！我喜欢这个女佣。我喜欢敞开的窗户。我喜欢太阳。我喜欢乌鸫的歌唱：歌声是金色的，如同清晨的太阳。身着蓝衣的姑娘也像太阳一般金光灿灿。在一片闪闪金光中，起初我根本没有发现等待着我的客人。几秒钟后，或许是几分钟后，我才注意到他。他坐在前厅唯一的一把椅子上，瘦削、黝黑、缄默，我进屋时，他没有动。尽管他的头发和髭须黑漆漆，他的皮肤黑黝黝，但在前厅早晨的一片金光之中，他却宛如太阳，当然，是一轮来自遥远南国的太阳。第一眼看到他，我就想起了已逝的父亲。父亲也像他这般皮肤黝黑、瘦骨嶙峋、须发染墨，他是真正的太阳之子，不同于我们这些金发的人，我们只是太阳的继子。我要对他说斯洛文尼亚语，父亲曾经教过我这门语言。我用斯洛文尼亚语向我的堂兄特罗塔问好。显而易见,他看上去对此毫不吃惊。他并未起身,而是继续坐着,微笑着向我伸出手,坚固又硕大的牙齿在黑色髭须后闪闪发亮。他立刻就用“你”来称呼我①,这令我感到他是我的哥哥,而不是堂兄。公证人把我的地址给了他。“你的父亲,”他开始说话,“在遗嘱中赠送给我2000古尔登②,我到这儿来拿这笔钱。我登门拜访是为了向你表示感谢。我打算明天就回去。我还有一个妹妹,我想让她现在就出嫁。有500古尔登作为嫁妆,她可以嫁给齐波尔耶最富裕的农民了。”

“那剩下的钱呢?”我问。

“剩下的钱,我留着。”他快活地说。他微笑着,我觉得,射进我们前厅的阳光似乎更炽烈了。

“你拿这笔钱做什么呢?”我问。

“我要扩大生意。”他回答。似乎觉得现在才是向我介绍姓名的合适时机,他带着一种无畏的自信从座位上站了起来,以一种亲切的方式庄重地介绍自己的名字,“我叫约瑟夫·布兰科。”

① 德语的第二人称单数有“你”和“您”的区别,用“你”称呼彼此表示一种亲近,而“您”则代表疏远或者尊敬。——译者注(本书脚注皆为译者注,下文不再重复标注)

② 古尔登:奥匈帝国发行的一种货币。

我这时才突然想起,站在客人面前的我还穿着睡袍、踩着拖鞋呢。我请他等一下,然后走进房间换衣服。

三

我们可能是早上 7 点左右走进玛格勒咖啡馆的。第一批面包房学徒进来了,他们浑身雪白,散发着脆脆的皇帝小面包、罂粟籽糕点和咸味长棍面包的味道。新煮的咖啡气味浓郁,散发着原味的香气,仿佛一天中的第二个清晨。堂兄约瑟夫·布兰科坐在我身旁,拥有南方人的黝黑肤色、开朗性格、清醒头脑以及健康体魄,我为自己那苍白的肤色与熬夜造成的疲惫感到羞愧。我也有些不知所措。我该对他说些什么呢?他还增加了我的难堪,他说:“我早上不喝咖啡,我想来份汤。”理所当然!齐波尔耶的农民在早上是喝土豆汤的。

我点了一份土豆汤。等待土豆汤的时间相当长,在此期间,我惭愧地把小面包浸泡到咖啡里。终于,汤端上来了,盛在汤盘里,冒着热气。我的堂兄约瑟夫·布兰科似乎根本没有注意到那把汤匙,他用体毛浓密的黝黑双手直接把热气滚滚的汤盆送到嘴边。咕嘟咕嘟喝汤时,他似乎也遗忘了我的存在。他用强健而瘦长的手指高高举起汤盘,这个姿势,以及他对热汤的完全沉醉,还原了食欲本来的高贵;直接从汤盘里喝汤这个动作让他看起来更崇高了——所以他不用汤匙。是的,当我看到他这样啧啧有声地喝汤时,我几乎难以理解:人类为何要发明汤匙这种可笑的物品?我的堂兄放下了汤盆,我看见盘子光溜溜、空荡荡、亮闪闪,就像刚刚清洗过似的。

他说:"今天下午我来拿钱。"

"你想扩大哪方面的生意?"我问他。

他说:"啊,是小生意,在冬天可以维持生计的那种。"

我立刻明白了,我的堂兄约瑟夫·布兰科从春天到秋天是个伺候田地的农民,在冬天则是个售卖烤栗子的商贩。他有一件羊皮大衣、一头骡子、一辆小车、一口铜锅和五口袋板栗。每年11月初,他开始赶着骡车在帝国的领地上穿梭。如果他特别想在一个地方停留,他也可以在那儿度过整个冬季,直至鹳群返回。到了那时,他把空口袋系在骡子身上返回家乡,重新变回农民。

我问他,可以用什么方式扩大这么小的一桩生意?他向我陈述了各种各样的可能性,比如除了卖烤栗子之外,还可以卖烤苹果和烤土豆。此外,当骡子年老力衰时,还可以买头新的。为此他本来就已经积攒了两百克朗[1]。

他穿着一件锦缎外套，一件镶着彩色玻璃纽扣的花纹丝绒背心，脖子上挂着一条沉甸甸的金黄色怀表链，编织得很漂亮。在我小时候，父亲就教育我要热爱帝国里的斯拉夫人，因此我把每一件民间饰品都当作斯拉夫人的象征，这样的我立刻爱上了这条怀表链，我想得到它。我问我的堂兄，这条怀表链卖多少钱。“我不知道，”他说，“这是我从父亲那儿继承来的，他也是从他父亲那儿继承来的，买不到同样的。但是，因为你是我的堂弟，我愿意把它卖给你。”“多少钱呢？”我问。我默默回忆起父亲的教导：斯洛文尼亚的农民品格高尚，根本不关心金钱和财产这些身外之物。我的堂兄约瑟夫·布兰科思考良久，然后说道：“23 克朗。”为什么恰好是这个数目呢，我没敢问他。我递给他 25 克朗。他仔细点数，没有一点儿找回我两克朗的意图。他拿出一条红底蓝格的大手帕，把 25 克朗包在里面。他给这块手帕打了两个结，然后摘下怀表链，从背心口袋里掏出怀表。他把怀表和表链放到桌上，这是一块式样陈旧的银质怀表，沉甸甸的，还配有一把用来上发条的小钥匙。我的堂兄十分迟疑，犹豫着要不要把怀表从表链上摘下来，他温柔地、近乎

---

① 克朗：奥匈帝国自 1892 年到 1918 年帝国解体期间发行的货币。克朗与辅币之间采用百进制，1 克朗等于 100 赫勒。

真挚地盯着它看了好长时间，终于开口说道："因为你是我的堂弟，如果你再给我3个克朗，我就把这块怀表也卖给你。"我递给他一枚5克朗的硬币。这次他也没有找给我零钱。他再次掏出手帕，慢慢解开那两个结，在里面放进这枚硬币，再一次把手帕塞进裤袋里，然后以真心实意的目光看着我。

"我也喜欢你的背心，"我在几秒钟后说道，"我想从你这儿也买下它。"

"因为你是我的堂弟，"他回答，"我把这件背心也卖给你。"他片刻也没有犹豫，褪去外套，脱下这件背心递给我。"这料子挺好，"约瑟夫·布兰科说，"纽扣也漂亮。因为你是我的堂弟，你只要付两克朗五十赫勒。"我数给他3克朗，我清楚地在他的眼中看到了失望——我这次给他的不再是5克朗。他的情绪似乎变坏了，他不再微笑了，但他终究还是像对待前面那些硬币一样，小心翼翼、万分仔细地把这些钱包裹起来。我觉得，我现在拥有了一个真正的斯洛文尼亚人最重要的物品：一条旧怀表链，一件彩色背心，一块配有小钥匙的沉甸甸的怀表——尽管它已经不走了。我片刻也等不得，立刻穿戴上这些东西，结完账，然后叫来一辆马车，陪堂兄去他住宿的宾馆。他住在"绿色号角"宾馆。我请他同意傍晚时分来接他，我计划把他介绍给我的朋友们。

四

为了安慰母亲，同时也是找个借口，我曾经在大学里注册了法律专业。但是我不曾去上过学。大好生活展现在我眼前，如同一片五彩斑斓的草地，几乎无边无际、一望无涯。我生活在一个由年轻贵族组成的愉悦而放纵的社交圈中，他们是我在前帝国时代除了艺术家之外最热爱的一个阶层。我和他们分享充满疑虑的轻率、忧郁的冒失、邪恶的疏忽和傲慢的孤单——所有这些帝国土崩瓦解前的先兆，然而，当时的我们不能预见到这个灭亡。不可见的死神已经双手交叉，白骨森然地站立在我们纵情啜饮的高脚杯上方。我们不假思索地骂人，我们甚至毫不迟疑地进行诅咒。老皇帝弗兰茨·约瑟夫年老而孤独、遥远而近乎僵化，却还活在这个广阔而多彩的帝国，密切并无所不在地统治着我们所有人。也许在我们灵魂的隐蔽处沉睡着某些确信，我们称之为预感，比如说这样的预感：老皇帝还能再活一段时日，有朝一日，当他驾崩时，这个君主国——与其说是我们的祖国，倒还不如说是我们的一个更广大、更宽阔、更庄严的帝国——将连同他一起驾崩。从我们沉重的心中涌出一些轻松的玩笑，从我们那濒死的感觉中产生一种愚蠢的乐趣，我们用放纵来证明我们“活着”：舞会、酒馆、女孩、美食、兜风，各种各样的疯狂、无来由的放荡、自杀似的讽刺、野性的批判，普拉特公园、摩天轮、布袋木偶戏、化装舞会、芭蕾舞，宫廷歌剧院僻静包厢里鲁莽的亲昵、令人疏忽的花招，甚至包括有时给我们带来爱情的每一场疾病。

他们会理解，我欢迎不期而至的堂兄。在我这些轻浮的朋友中间，没人有这样一位堂兄，这样一件背心，这样一条怀表链，没人能这般接近那块奇特的土壤——传奇的斯洛文尼亚的齐波尔耶，那位当时尚未被遗忘、但是已经成为传说的索尔弗里诺英雄的故乡。

傍晚时分，我把堂兄带了过来。他那发亮的锦缎外套给我所有的朋友都留下了深刻印象。他结结巴巴地说着令人费解的德语，他常常大笑，露出那亮晶晶的坚固牙齿，他把自己所有的物品都标上价格，向我的朋友们承诺，将把斯洛文尼亚的新背心和新怀表链卖给他们，并且愿意接受预付款。所有人都羡慕我的背心、怀表链和怀表。所有人——我的堂兄本人、我的亲戚以及我的齐波尔耶——都希望最好能从我手里买下这一切。

我的堂兄向大家承诺，他秋天再来。我们所有人陪着他去乘火车。我给他买了一张二等车厢的票。他拿着票，去售票处换成了一张三等车厢的。

堂兄在列车上朝我们挥手致意。当列车滑动着离开站台时，大家的心都碎了，因为我们热爱感伤就像热爱消遣一般容易。

五

在我们这快活的朋友圈里，好几天都谈论着我的堂兄约瑟夫·布兰科，然后就把他遗忘了。也就是说，我们仿佛暂时把他收藏起来了，因为我们想要谈论和评价当前生活中的愚蠢行为。

大约在 8 月 20 日的晚夏时节，我收到了约瑟夫·布兰科用斯洛文尼亚语写的一封信。当天晚上，我就给朋友们翻译出来了。约瑟夫·布兰科描写了齐波尔耶的老兵俱乐部在皇帝生日那天举行的庆祝活动。虽然他本人还是一名年轻的预备役军人，不属于老兵的行列，然而他还是和老兵们一起去行军了。大家走到了森林中部的草地，每一年的 8 月 18 日都在那儿举行简单的民间庆典。这些老年人没有力气携带定音鼓，因此只有五名号手和三名单簧管吹奏者。没有定音鼓的进行曲小乐队算怎么回事呢？

“奇怪，”年轻的费斯特蒂奇说，“这些斯洛文尼亚人！匈牙利给了他们最基本的民族权利，他们却武装自己，甚至有机会就造反，至少给人的印象是要造反。不过，他们却庆祝国王的生日。”

“在这个君主国里，”我们当中年纪最大的肖耶尼基伯爵反驳道，“没有什么是奇怪的。如果没有政府里的那些白痴，”（他偏爱有力量的表达方式）“即使是表象，显然原本也没有什么可感到奇怪的。我想以此说明，对于奥地利——匈牙利帝国而言，所谓奇怪是不言而喻的。同时，我也想以此说明，这个不言而喻仅仅针对以民族国家与民族主义自居的疯狂欧洲。确实，斯洛文尼亚人、波兰人、鲁提尼的加利西亚人、来自鲍里斯拉夫的卡夫坦犹太人、来自巴奇卡的贩卖马匹者、来自萨拉热窝的穆斯林、来自莫斯塔尔的烤栗子小商贩，他们口里都唱着‘天佑吾皇弗兰茨’。但是，来自布尔诺和埃格尔的德国大学生，来自林茨、格拉茨和克尼特尔费尔德的牙医、药剂师、发型师助理和艺术摄影师，来自阿尔卑斯山谷的人，大家唱的是‘坚守莱茵河’。奥地利将毁灭在这种尼伯龙根式的无限忠诚[1]上，我的先生们！奥地利的本质不是中心，而是边疆。在阿尔卑斯山中找不到奥

① 尼伯龙根式的无限忠诚：一句感情充沛、用来表达绝对服从与忠诚的口号。来源于古代德意志英雄史诗《尼伯龙根之歌》。

地利，那儿只有岩羚羊、高山火绒草和龙胆，几乎无人知道双头鹰。奥地利的实体通过不断扩充王室领地而得到强化。”

科瓦奇男爵，匈牙利籍的贵族青年军官，他将眼睛上的单片眼镜卡紧，这是他想要表达重要观点时的习惯动作。他讲着硬邦邦的匈牙利式德语，像唱歌似的，这与其说是一种必要，倒还不如说是卖弄风情以及表达反对。他那张瘦削的面颊涨得通红，他的面孔令人联想到未熟的、发酵不足的面包，突兀且不自然。“在这个二元君主制国家里，匈牙利的牺牲最大。”他说。这是他的信条，这话语坚定不移地矗立在这个句子中。他令大家都感到无聊。肖耶尼基尽管是我们中间年纪最大者，却也是最激情四溢的人，他甚至发怒了。肖耶尼基那永恒的答案不能在此时缺席，与往常一样，他重复道：“亲爱的科瓦奇，匈牙利至少压迫着下面这些民族：斯洛伐克人、罗马尼亚人、克罗地亚人、塞尔维亚人、鲁提尼人、波士尼亚克人、来自巴奇卡的施瓦本人和萨克森的特兰西瓦尼亚人。”他矫情地掰着那漂亮而细长有力的双手上的手指，逐一列举着这些民族。

科瓦奇将单片眼镜放到桌上。看来他根本没有听进去肖耶尼基的话。我知道，我了解他——他的所思所想还是与从前一样。有时他也会讲出来。

除此之外,他是一个不怀恶意,有时甚至心地善良的青年。我尽管不喜欢他,然而却下功夫与他交好。我如此行事是有充分理由的:我爱着科瓦奇的妹妹——19岁的伊丽莎白。

在很长一段时间里,我徒劳地与这爱情抗争着,主要倒不是担心自己会名誉受损,而是畏惧这些疑心病重的朋友会无声地嘲弄。大战前夕兴起一种充满讥讽的傲慢心理,大家虚荣地追捧所谓的"颓废主义",追求一种半是假装半是夸张的倦怠以及一种毫无缘由的百无聊赖。我在这种氛围中度过了自己最好的年华。这种氛围里几乎没有情感的位置,根本就禁止激情的产生。我的朋友都有短暂而无足轻重的"男女关系",他们有时甚至把自己的女人像外套一样借给别人;男人不会追求那些像雨伞一样曾经被遗忘或者像累赘的包裹一样被故意丢弃的女人,这些女人出于恐惧,可能会对男子纠缠不休。我所在的群体视爱情为误入歧途,将订婚看作中风,把婚姻当作行将就木。我们那时年轻。大家虽然意识到结婚是人生中不可避免的事情,但也就视之为一种也许在20或30岁时必然会患上的硬化症。我本来可以找到许多与这女孩单独相处的机会,尽管在那个时候,如果没有一个完全合法的适当理由,年轻女孩还不能独自一人在青年男子的聚会上停留超过一个小时。我只利用过很少几次这样的机会。如前所述，我不好意思在朋友面前利用所有这些机会。是的，我尴尬地发现，没有人看出我的感情。我经常担心，朋友圈里的某人知道了些什么，我可能已经在某处不小心暴露了自己的秘密。我偶尔会没有预先约定就来到朋友中间，从他们突如其来的沉默中，我相信一定能推断出，在我到来之前，他们正好在谈论我对伊丽莎白·科瓦奇的爱情。我的心情顿时变得一片灰暗，就好像别人发现了我的一个秘密，而这秘密又会导致他们排斥我。但是，在我与伊丽莎白单独相处的那几个小时里，我又感到：朋友们的嘲笑、怀疑和傲慢的"颓废"是多么无意义，甚至是一种罪恶！同时，我也产生了一种内疚感，对自己出卖朋友感到负疚。在某种意义上，我过着一种双重生活，这让我感到极其不适。

那时的伊丽莎白漂亮、温柔、亲切，并且对我有好感，这毫无疑问。她最细微的动作和姿态深深打动着我，我发现，她每一次抬手、每一回点头、每晃一下脚，她抚平裙子的皱褶，她轻轻地抬高纱头巾，她抿一口咖啡，她脱下手套，甚至连她衣裙上一朵令人意外的花，都在暗示：她与我之间存在一种清晰而直接的关系，并且这仅仅是对我的暗示。是啊！这在当时可算是一种"大胆的暗示"了。由此我可以肯定，她那充满柔情的目光，她那看似无意或者最多算是偶然地触碰我手背或肩头的动作,都是一种暗示。只要我愿意,在那些日历上标注得一清二楚的节日前夜,我都能从她那里得到更进一步、更为诱人的柔情和体贴。她的嗓音低沉而柔软。(我不能忍受响亮的高音女声。)她说话时,会令我联想到驯化了的鸽子压低音调的咕咕叫声,羞涩而沉闷,联想到地下水的潺潺流水声,联想到有时在不眠之夜听见的远方传来的火车缓缓行驶声。她说的每一句极其普通的话,由于是以如此低沉的声音说出来的,在我看来,都具有一种意味深长、令人满足的力量,仿佛一种辽远的原始语言,也就是说,这是一种虽然无法听得很明白,却可以清晰地猜测出含义的一种已经失传了的语言,可能某次在梦中曾经模糊听到过。

当我离开她,返回我的朋友那里时,我曾经想过,尝试立刻对他们讲一讲伊丽莎白,甚至讲一讲我对她的痴迷。然而在他们那一张张疲惫松弛并且幸灾乐祸的脸庞的注视下,再加上他们那显而易见的甚至是纠缠不休的讽刺癖好,我不但害怕会成为他们的嘲笑对象,而且希望自己能得到他们的普遍认同,我马上陷入到一种百无聊赖、缄默无语的羞愧状态,不到几分钟就重新沉迷于高傲的“颓废”,我们都是无可救药并且傲慢自负的“颓废之子”。

我的内心如此蠢笨地冲突着,我真的不知道,该逃亡到谁那儿去。我有时想,应该信任我的母亲。但是当时的我认为她不能理解我的烦恼，那时我还年轻。也因为我如此年轻，我和母亲的关系也是不真实、不自然的，我可怜地尝试模仿别的青年男子与母亲之间的关系。在他们眼中，她们不是真正的母亲，而是一种孵化器，他们把自己的成熟与生命归功于她们。或者，说得好听点，她们是故乡，他们在那儿偶尔地来到这个世界，他们对母亲的感情除了回忆与同情之外，别无其他。但是，在我一生中，在面对母亲时，我觉察到一种接近于神圣的畏惧。我只能抑制住这种感觉。

我只有中午在家吃饭。我和母亲面对面安静地坐在宽敞的餐厅里，大餐桌旁。餐桌的顶端是去世的父亲的空位，遵照母亲的指令，每天都在这个空位上摆上一个空盘子和一套餐具。别人会认为，母亲坐在逝者的右边，我坐在左边。她喝一种珍贵的麝香葡萄酒，我喝半瓶弗斯劳矿泉水，我并不喜欢喝这种玩意儿，我更喜欢勃艮第葡萄酒。但是母亲规定我得喝这个。我们的老仆人雅克斯用他那带着白手套的颤颤巍巍的老人手伺候我们就餐，他稠密的头发几乎都变白了。母亲吃得少而迅速，但是举止庄重。我每次抬眼看她，她就低头盯着盘子——明明此前一刻我还感到她的目光停留在我身上。唉，当时我也许就感觉到，她想问我许多问题，但是她抑制住了这种想法，避免丢脸，避免被她唯一的孩子用谎言搪塞。她细心地折叠着餐巾纸。这是唯一的时刻:在此时刻,我可以不受阻碍地仔细打量她那张已经变得有些浮肿的宽脸盘,那松弛下垂的面颊和那皱巴巴、沉甸甸的眼皮。我看向她的腹部——她正在膝上折叠餐巾纸——我虔诚地、同时也是自责地想到,那儿是我生命的起源,温暖的母腹是母亲最慈爱的地方,我惊讶于我可以沉默地坐在她的对面,如此固执,是的,如此不知悔改。她,我的母亲,对我也无话可说,显然,她在面对她那长大了的、迅速成长的儿子时感到羞惭,正如我在面对这变老了的、迅速变老的、给予了我生命的母亲时一样羞惭。我多么想向她倾诉我内心的矛盾啊,讲讲我的双重生活,讲讲伊丽莎白,讲讲我的朋友!但是她显然不想听到她猜测的那些内容,因为她不想大声指责我,她在缄默中隐约估计到我的那些行为。或许,她可能也甘愿接受那条永恒而残酷的自然法则——迫使儿子们很快遗忘自己的起源,迫使儿子们把自己的母亲看作老妇人,迫使儿子们不再回想起母亲的胸脯,虽然他们曾经在那儿获得了人生的第一顿食粮;这条永恒法则也迫使母亲们看着身体里的胚胎长大,长得更高大,变得陌生,变得更陌生,母亲们起初心痛,后来苦涩,最后无奈放弃。我感觉,母亲很少对我讲话,是因为她不想让我说那些可能让她不得不发火的事。如果我拥有这种自由,可以向她说说伊丽莎白以及我对这个姑娘的爱,那么我也许是在侮辱她——我的母亲,以及我自己。实际上,我有时候已经想开始向她谈谈我的爱情了,但是我又想起我的朋友们,以及他们与母亲之间的关系。我的想法幼稚可笑,我认为,假如向母亲坦白,我可能会背叛自己。在母亲面前有所隐瞒,似乎就不是背叛自己,而是背叛母亲。朋友们谈及他们的母亲时,我为他们、我的母亲以及我自己感到羞愧。他们谈论母亲,如同谈论那些他们可以随意摆布的"露水情缘",似乎她们是那些年老色衰的情妇,或者更糟,似乎她们是配不上儿子的母亲。

我的朋友们就是这样一群人,他们妨碍我听从自然与理性的召唤,阻挡我获得力量,向亲爱的伊丽莎白袒露爱慕,向母亲表达孩子般的爱恋。

但是,我的朋友们和我本人对家长所犯下的这些罪孽,根本不是我们个人的罪孽,而是即将来临的毁灭的微弱前兆,对此我接下来即将谈及。

六

在讲述这场万劫不复的毁灭之前,我还得先说说我和犹太人马内斯·赖西格的相遇,以后还会再讲到这个人。

马内斯·赖西格来自加利西亚的茨罗托格洛德。我不久之后对茨罗托格洛德就非常熟悉了,可以在这儿先描述一下它,我感到这是必要的,因为它就像齐波尔耶一样,已经不复存在了。它毁于战争。以前是座小城,一座很小的城市,但毕竟是座城市。如今它已然是一片广阔的大草原了,夏季长出三叶草,蟋蟀在高高的茅草间唧唧地叫着,那儿的蚯蚓粗大肥壮,云雀会突然俯冲下来啄食。

犹太人马内斯·赖西格在十月的某个清晨到访,他来得很早,就像几个月前,他的朋友,我的堂兄布兰科一样。我的堂兄布兰科介绍他前来。“年轻的先生,”赖西格说道,“一个犹太人想和这位年轻的先生谈话。”我那时认识几个犹太人,当然都是维也纳的犹太人。我绝不讨厌犹太人,更确切地说,正是因为原本流行于我所交往的贵族阶层与上流社会的反犹主义,在那个时期已经成为流行于大楼物业管理员、小市民、烟囱清扫工以及裱糊匠当中的一种时尚了。这绝对与流行时尚的变化相类似,比如市政厅服务人员家的女儿流行在周日戴的帽子上插一种鸵鸟的长羽毛,然而,早在三年前,特劳特曼斯多夫家族①或者赛切尼家族②的贵妇人就在周三的帽子上戴过同样的鸵鸟毛了。如今很

① 特劳特曼斯多夫家族:奥匈帝国的一个贵族家族。
② 赛切尼家族:奥匈帝国的一个贵族家族。

少能看到，一位赛切尼家族的贵妇人会在帽子上装饰市政厅服务人员家的女儿所使用的那种鸵鸟毛；很少能看到，一个高尚的社交圈会蔑视犹太人，我正好属于这个圈子——或许，仅仅因为，看不起犹太人是我的管家才会做的事情。

我走进前厅，我已经准备好看到那样一位犹太人：他应该像我认识的那些犹太人一样，从外形就能辨认出职业，并且还看得出有些文化，就像我认识的货币兑换业务员、兜售物品的小商贩、服装商人和妓院里的钢琴演奏者。进入前厅后，我看见一个绝对不符合我对犹太人的想象，甚至完全可能颠覆我想象的男人。他肤色黝黑，身体壮硕。不得不说，他的络腮胡子，光滑的暗黑色的络腮胡子，包围着那张线条强硬、颧骨突出的棕色脸庞。不，这张脸简直就是从胡须中生长出来的，胡须仿佛早就存在了，存在于脸庞产生之前，它仿佛经年累月地等待着，等待着去包围面庞，然后再恣意生长。这男人高大强壮，手里攥着一顶带帽檐的棱纹平布黑帽子，头上戴着一顶圆形的天鹅绒小帽——神职人员有时会戴那种式样的帽子。他倚门而立，强壮有力，不可捉摸，就像拥有一股强大的力量；他双手握拳，手红彤彤的，像两柄锤子般从长袍的黑色袖管里垂下来。他从棱纹平布帽子内部的皮质帽檐里掏出一封信，信折叠成狭长的形状，是我的堂兄布兰科用斯洛文尼亚语写的。我请他坐下，但是他用双手羞怯地表示了拒绝。在我看来,用他的双手表达拒绝这件事令他显得更羞怯了,而他这双手明明可以摧毁我、窗户、大理石小桌、立式衣架以及前厅里的一切。我阅读这封信。我从信中得知,站在我面前的这个男人,来自茨罗托格洛德的马内斯·赖西格,是一位马车夫,是我的堂兄布兰科的朋友,当我的堂兄一年一度穿梭在帝国的王室领地上售卖板栗时,曾在这位信使那儿享受到了膳食和免费的住宿。我的堂兄认为,以我们的亲戚关系以及友谊的名义,我有责任帮助这位马内斯·赖西格——在他希望得到我的帮助的各个方面。

他希望得到什么帮助呢,这位来自茨罗托格洛德的马内斯·赖西格?

原来,他是想为他颇具天赋的儿子埃弗拉伊姆在音乐学院谋到一个免费学习的名额。儿子不想当马车夫,也不想被困在帝国的远东地区。在父亲看来,埃弗拉伊姆是一个天才音乐家。

我全部应承下来。我出发去找我的朋友肖耶尼基伯爵。首先,在我所有的朋友当中,他是唯一的加利西亚人;其次,他能搞定那些古板的奥地利公务员,消除他们那些陈旧而传统,同时又是有效的抗拒:通过恫吓、暴力、诡计和欺诈等手段,这些是我们这个世界——一个长期没落的古老文化世界的有利武器。

傍晚时分，我和肖耶尼基伯爵在我们的维默尔勒咖啡馆会面。我大约知道，除了请求他为同胞帮忙之外，其他事情几乎不会引起他的兴趣。他不仅没有职业，而且也没有工作。他原本可以在军队、行政部门、外交方面取得所谓"了不起的成就"，然而，由于鄙视、笨蛋和混蛋，他全然拒绝了这些工作。他喜欢把所有掌管国家的人称为"肉圆脑袋"，他以慑服枢密官们为乐，他认为，用非官方的威严征服他们才是一种真正的权威。他对待服务员、马车夫、侍从和邮差却友好亲切、宽容大度、热情周到，当他向保安或守门人打听一件无关紧要的小事时，他从来不会忘记摘下帽子；然而，当他在外交部、州政府、教育和文化部进行交涉时，他的面容变得冷淡而傲慢，目光似乎具有穿透力，让人几乎认不出他来。如果说他在政府机构楼下的入口处，在穿制服的守门人面前，尚带着一点儿恩赐似的宽容，有时甚至呈现出一种亲切友好，那么随着他每登上一级台阶，他对政府官员的反抗显而易见地在不断增强；当他到达顶层时，他给人留下的印象是，他到这儿来是为了施加可怕的刑罚。一些办公大楼的职员已经认识他了。当他在走廊用极其轻微的声音对勤杂人员说"请通报枢密官！"时，极少有人会询问他的姓名，然而他会用或许更轻微的声音重复："请立刻通报！"

不过，最后一个“请”字听上去已经加重了语气。

除此之外，他还喜爱音乐，因此，我觉得请他帮助年轻的赖西格是合适的。他立即应允下来，答应于第二日着手办理。他答应得毫不犹豫，这让我开始感到内疚，我于是问他，在他帮忙之前，是否想要先测试一下年轻的赖西格的才能。他却激动起来了。“您可能了解斯洛文尼亚人，”他说，“我也了解我的加利西亚犹太人。正如您向我介绍的那样，父亲叫马内斯，是一个马车夫，儿子叫埃弗拉伊姆。这些信息对我而言就已经足够了，我借助第六感都能了解。我的加利西亚犹太人无所不能。十年前我还不喜欢他们，现在却喜欢，因为这些‘肉圆脑袋’开始排斥犹太人了。我只需打听一下，谁坐在这些主管的位置上，尤其要去打听一下那些反犹主义者。因为我想让他们对年轻的埃弗拉伊姆感到恼火，我会和老马内斯一起去。希望他看上去就是个地道的犹太人。”

“他穿着一件半长的袍子。”我说。“好，好，”肖耶尼基伯爵叫起来了，“这就是我的同胞。您知道吗？我不是爱国主义者，但我爱我的同胞。一个国家，甚至一个祖国，是有些抽象的，但是同胞是具体的。我不可能爱恋所有的麦田和稻田，所有的冷杉林，所有的沼泽地，所有的波兰女子和男子。但是爱恋某一块田地、一小片森林、一洼沼泽、一个人，这会令我幸福！我可以看见并抓住它，它说着我熟悉的语言；当它是一个个体的时候，正好就是熟悉的化身。此外，还有我称之为同胞的人——即使他们出生在中国、波斯或非洲——看见第一眼，有些人就令我备感熟悉。什么是真正的‘同胞’？作为上天恩赐的标志，这不费气力便可知晓。此外，如果这个人正好在我生活的土地上出生，这令我感到幸福！但是第二点纯属偶然，第一点才是命运使然。”

他举起杯子，呼喊道：“同胞万岁！全世界的我的同胞万岁！”

两天后，我把马车夫马内斯·赖西格带到克雷姆斯酒店，在那儿与肖耶尼基伯爵见面。马内斯勉强坐到单人沙发的边上，一动不动，宛如一尊黑色的庞然大物。看上去，好像不是他自个儿，而是其他人让他偶然坐到了沙发的边缘上，他自己好像没有能力占据整张沙发。他偶尔会毫无逻辑地重复道：“请帮忙，先生们！”或：“衷心感谢，先生们！”——除了这两句话，别的他什么也没有说，他看上去也没怎么听懂肖耶尼基伯爵说的话。肖耶尼基伯爵正在向来自茨罗托格洛德的马车夫马内斯讲述茨罗托格洛德的景色，肖耶尼基熟悉加利西亚的所有地区。

“那么，我们明天十一点去处理这件事！”肖耶尼基说。

“衷心感谢，先生们！”马内斯说道。他一只手摇动着棱纹平布帽子，另一只手脱下小帽。他在门口再次鞠躬，门卫帮他撑着门，他愉快地朝着门卫微笑致谢。

年轻的埃弗拉伊姆在几周后真的被音乐学院录取了。这个青年前来感谢肖耶尼基。当时，我也在肖耶尼基居住的宾馆里。年轻的埃弗拉伊姆·赖西格几乎是瞋目而视，这个小伙子的致谢似乎是一种指责。他说的是波兰语，我借助斯洛文尼亚语的帮助，仅能听懂三分之一。但是从肖耶尼基伯爵的表情和目光里，我体会到，他喜欢这个年轻人谴责性的、严格来说是傲慢的态度。

“就是这种派头！”青年离开以后，肖耶尼基说道，“我们那地方的人不会向别人说‘谢谢’——正好相反。加利西亚犹太人是骄傲的，我的加利西亚犹太人！他们生活在想象中，他们享有优先权。他们面对非难与辱骂平静自如，他们接受优待与照顾也平静自如。别人如果挨骂，总是恼怒不已；如果得到恩惠，总是卑躬屈膝。无论是羞辱还是恩惠都不能感动我的加利西亚犹太人。他们天性高贵，因为高贵者的特征首先是平静自如。除了在我的加利西亚犹太人身上，我从未在别处见到过同样的平静自如！”

肖耶尼基用经常向我讲述“我的财富”“我的凡·高”“我的乐器收藏”时那样的语气，讲述着“我的加利西亚犹太人”。我清晰地感受到,他如此赏识犹太人的部分原因在于:他视之为自己的财产。似乎他们不是出自上帝的意愿出生在加利西亚,而是他亲自在上帝那儿订购了他们,就像他习惯于在著名商人波利策那儿订购波斯地毯,在意大利鸟贩子斯卡皮尼那儿订购鹦鹉,在小提琴制造者格罗绍尔那儿订购罕见的古董乐器一样。他对待他的犹太人,就像对待地毯、鸟儿和乐器一样细心周到、风度优雅。因此,他认为应当有义务给傲慢青年的父亲——老实的马车夫马内斯写一封信,祝贺埃弗拉伊姆被音乐学院录取。因为肖耶尼基担心,马车夫马内斯会抢先给他写来感谢信。

然而,马车夫马内斯·赖西格在很久之后才寄来感谢信,并且完全没有提及命运的眷顾——把他以及他的儿子送到肖耶尼基伯爵和我身边,反而盛赞他儿子埃弗拉伊姆的才能,维也纳音乐学院应该为录取他而感到幸运。他在青年人与肖耶尼基见面两天后来拜访我了,他说:“如果有谁能在这个世界上有所作为,那个人一定是他——我总是对我的儿子埃弗拉伊姆这样说。他能成大事。您必须请他为您演奏一下。他很骄傲。谁知道他是否愿意为您演奏呢!”——我帮助他的儿子在音乐学院谋到一个学习的机会,这似乎是对我的一种恩赐,我应该就此向马车夫马内斯·赖西格表示感谢。

“您必须亲自去拜访肖耶尼基伯爵，”我对他说，“向他本人表示感谢。”

“他是一位正派的伯爵先生！”马内斯肯定地说，“我将会向他道别。他已经听过我的埃弗拉伊姆的演奏了吗？”

“还没有！”我说，“您可以向他提出这个请求！”

马车夫马内斯·赖西格的火车是夜晚十一点钟的，将近八点时他来找我，请求我，其实几乎是命令我，带他去肖耶尼基伯爵下榻的宾馆。

好的，我带他去见肖耶尼基。肖耶尼基很感动，几乎是有些兴高采烈。是的，他甚至有些激动。“棒极了，”他叫道，“他来感谢我。我才对您讲过：我们犹太人就是这样的！”

最后，肖耶尼基感谢了马车夫马内斯，感谢后者给予他机会认识这世上的一个天才。听上去，似乎肖耶尼基在这十年或二十年来，除了等待马内斯·赖西格的儿子之外，别无他求，并且这个长久以来小心翼翼、精心呵护的愿望如今终于得以实现了。出于感激，他甚至提出给马内斯·赖西格返程的路费。马车夫马内斯拒绝了，不过他邀请我们两人去他家。他说，他有一栋带三个房间和一间厨房的房屋，一座饲养他的马匹的马厩和一个停放他的车和爬犁的园子。哦，他并不是一个贫穷的马车夫。他甚至每个月能赚到 50 克朗。如果我们想去他那儿玩的话,会不虚此行。他已经做了充分准备,我们将什么也不缺。

马内斯也没忘记提醒肖耶尼基和我,我们有义务照顾他的儿子埃弗拉伊姆。“大家必须保护这样的一个天才!”他在告别时说。

肖耶尼基承诺会照顾他的儿子,并且许诺,我们明年夏天一定去茨罗托格洛德拜访他。

七

我必须在这儿提及一件重要的事,我开始写作这本书时,曾经希望能够绕过这件事,这就是宗教。

与我的朋友一样,与我所有的朋友一样,我没有信仰。我从来不去做弥撒。然而我经常陪同母亲到教堂的大门口。我的母亲或许并不信仰宗教,但是她也许就是所谓“遵守教规”的人。彼时,我简直就是痛恨教堂。现今,我信仰宗教,但是我再也弄不明白了,我当时为何如此痛恨它。可以说,这在当时是种“时尚”吧。

假如我不得不向朋友们承认我去过教堂,我定会为此感到羞愧。他们也不是真正地敌视宗教,而是源于一种高傲,不愿去肯定伴随他们成长的这种传统。虽然他们不愿放弃这种传统的本质，但是他们——我也属于此列，我们反抗这种传统形式，因为我们不知道，正确的形式与本质是一致的，强行分离它们的行为是幼稚可笑的，就像刚刚所说的那样，这是幼稚可笑的：但我们当时正是如此幼稚可笑。死神已经双手交叉，白骨森然地站立在我们啜饮的高脚杯上方，我们依然欢乐愉快、幼稚可笑。我们感受不到死神。我们感受不到他，因为我们感受不到上帝。在我们之中，肖耶尼基伯爵是唯一还坚持宗教形式的人，他并不是出于信仰，而是由于一种感觉——他感到贵族身份让他有责任遵守宗教的规定。他把我们这些忽略宗教仪轨的人看作半个无政府主义者。"在这个腐朽的世界上，"他常常这样说，"唯有罗马教堂赋予并保存了这种形式。是的，有人会说，它只是这种形式的布施者。它把所谓'沿袭下来的'传统封闭在教义中，就像将之保存在冰冷的宫殿中。它以此争取并授予它的孩子们随意犯规的自由，让他们在四周，在带有宽敞前院的冰冷宫殿之外随心所欲，它谅解孩子们的违规，或者更确切地说，它引导着违规。它规定了罪行，并以此来宽宥罪行。它全然承认不存在完美的人：这是它的至善之处。它把它满意的孩子晋升为圣徒。它仅以此含蓄地承认人类的缺点。是的，它允许一定程度的犯罪，但凡没有罪过的，在它看来就不再是人了:他们已经得道或已成为圣人。罗马教堂以原谅和宽宥来证明它的慷慨。没有什么能比宽宥更崇高的了。请想一下,没有什么是比复仇更庸俗的了。没有一种高雅不是宽宏大量的,没有一种复仇不是庸俗的。”

肖耶尼基伯爵是我们当中年纪最大、头脑最聪明的人,但是我们当时实在太年轻、太愚蠢了,未能对他的思考表达应有的敬意。与其说我们乐于倾听他的讲话,还不如说,我们想要通过倾听这种方式向他证明我们的亲切。对我们这些所谓的青年而言,他是位年纪较大的先生。后来在战争中我们才看出,事实上他比我们年轻许多。

但是要到以后,很久之后,我们才明白,我们不是比他年轻,我们干脆就是没有年龄,不自然地没有年龄。因为他是自然的,配得上年龄、真实性和上帝的赐福。

八

数月后,我收到下面这封来信,是马车夫马内斯·赖西格寄来的:

尊敬的先生！

请允许敝人因您给予的巨大荣耀与无私帮助谦恭地向您致以深切谢意。犬子来信，言及其在音乐学院取得的进步。敝人将犬子的全部天赋归功于您，从心底感激您。同时，请允许敝人邀请您前来小住，不知这是否会给您增添麻烦？您的堂兄，烤栗子商贩特罗塔，十年来，每个秋季均居于敝处①。敝人设想，您居住于敝处亦将感觉舒适。敝处虽简陋，然尚宽敞。非常尊敬的先生！殷切希望您别见怪于敝人的邀请！渺小如敝人，伟大如先生！尊敬的先生，敝人还得请您谅解一事，此信为拜托他人所写。敝人除名字外，不识他字。官方认证的当地写信人希尔施·基尼沃韦尔遵照敝人之意写就此信，他是一位可靠正派的官方人士。

您非常忠实的

来自茨罗托格洛德的马车夫马内斯·赖西格

整封信以一种认真的书法体写成。“就像印刷体。”人们如此评价当时的这种字体。只有签名表现出令人感动的

① 此处的时间“每个秋季”与后文“每隔一年”自相矛盾，译文按照德语原著翻译。

僵硬,显然出自马车夫之手。仅仅这个签名的模样于我而言就足够了,足以让我决定,在明年早秋时分去茨罗托格洛德旅行一趟。我们那时无忧无虑,我和其他人一样逍遥自在。我们在大战前过着田园般的生活,在我们眼中,到远方的茨罗托格洛德旅行已经是一次冒险了。我是这趟冒险活动的主角,对我来说,这是一次在朋友面前露脸的绝好机会。尽管这次冒险旅行还为时尚早,尽管我是这趟行程的唯一旅客,我们却在每个傍晚谈论着它,仿佛一周后我就要见到茨罗托格洛德了,仿佛我不是独自旅行,而是我们全体一起行动似的。渐渐地,这趟旅行成为了我们所有人的一种热情,甚至是一种狂热。我们开始肆意想象这个位于远方的小城茨罗托格洛德。当我们描绘茨罗托格洛德时,我们自己也心知肚明,我们勾画了一幅错误的景象,但是我们停不下来了,只能继续歪曲这个我们并不了解的地方。也就是说,我们赋予了茨罗托格洛德形形色色的特征,我们打一开始就知道,这些是我们恣意放纵想象力的结果,绝不是这个小城真正的特性。

当时的生活是多么轻松愉快啊!死神已经双手交叉,白骨森然地站立在我们啜饮的高脚杯上方。我们看不见他,我们看不见他的双手。我们急迫地谈论着茨罗托格洛德,谈了那么长久,谈得那么深入,以至于后来恐惧席卷了我,我担心它在某一日会突然消失不见了，或者我的朋友们可能会相信，那个茨罗托格洛德不是真的，它根本就不存在，只是我杜撰出来的。我突然就失却了耐心，甚至开始向往这个茨罗托格洛德和这个名叫赖西格的马车夫。

1914 年盛夏，我动身了。在此之前，我给齐波尔耶的堂兄特罗塔写了一封信，告诉他我将在茨罗托格洛德等候他。

九

1914 年盛夏，我动身前往茨罗托格洛德。我下榻在“金熊”宾馆，这是这座小城唯一一家旅馆，以前有人对我说过，它配得上欧洲人。

茨罗托格洛德火车站同齐波尔耶火车站一样小，齐波尔耶火车站还详尽地留存于我的记忆之中。前奥匈帝国的所有火车站彼此相似，那些偏僻小地方的小型火车站，黄色的，很小巧，就像懒洋洋的猫咪，冬天躺在雪中、夏天躺在阳光下休息，仿佛被那站台上方传统的水晶玻璃穹顶保护着，被那黄色背景下的黑色双头鹰监视着。齐波尔耶、茨罗托格洛德，全国各地的车站工作人员都一模一样，他们挺着凸出的腹部，穿着静谧的深蓝色制服，胸前斜挎着黑色皮带，皮带上拴着铃铛,由它发出那三声神圣的铃音——按照规定,三声铃音即代表列车开动。茨罗托格洛德的站台与齐波尔耶的站台一模一样:站台上站长办公室大门的上方,悬挂着一个黑色的铁制仪器,它把远处电话机的银铃声不可思议地传输过来——仿佛来自其他行星的信号,柔和而悦耳,大家对此感到惊异:竟能在如此狭小而笨重的房子里找到一个避难所。茨罗托格洛德的站台与齐波尔耶的站台一模一样:车站工作人员向抵达的列车以及出发的列车敬礼,他的行礼仿佛代表着一种军人的保佑。茨罗托格洛德的站台与齐波尔耶的站台一模一样:站台上有同样的二等车厢以及头等车厢等候室,有同样装饰着烈性酒酒瓶的自助餐厅,自助餐厅里有同样胸部丰满的金发收银员,两棵巨大的棕榈树立在自助餐厅的左右两边,这令人想起史前时代的植物或者硬纸板。火车站前有三个马车夫在等候,这也与齐波尔耶一样。我立刻就认出了外形醒目的马车夫马内斯·赖西格。

理所当然由他载着我去“金熊”。他有一辆漂亮的马车,套着两匹银灰色的白马,轮辐上喷着黄色的漆,轮子上箍着与维也纳的马车一样的橡胶,马内斯在维也纳看到过这种橡胶轮胎。

他在路上向我承认,他并不是因为期待我的到来而整修了马车，一种本能的热情逼迫他仔细观察他在维也纳的同行，然后向进步之神贡献了他的积蓄，买了两匹白马，还在轮子上安装了橡胶。

从火车站到城里路途遥远，马内斯·赖西格有足够的时间向我絮叨那些与他有关的故事。他左手握着缰绳，身体右侧的套子里插着鞭子。两匹白马自己认识路，因此马内斯无须操心，绝对没有必要去驾驭它们。他随随便便坐在马车夫的高座上，左手漫不经心地拿着缰绳，朝我俯下上半身，给我讲他的故事：这两匹白马一共才花费了125克朗，它们原本是军马，后来瞎了左眼，失去了军事价值，因此驻扎在茨罗托格洛德的第9轻骑兵团以便宜的价格出售。此外，如果他——马车夫马内斯·赖西格，不是第9轻骑兵团那位上校身边的红人的话，他也不能这么轻易就买到它们。小城茨罗托格洛德一共有五个马车夫。赖西格的另外四个同事，马车肮脏，拉车的是懒惰、瘸腿的老母马，车轮弯曲，皮座椅磨得都绽开了线，木棉疯狂地从坏掉的座椅洞眼里钻出来。说实话，没有一位先生愿意坐上这样的马车，就更别期望那位第9轻骑兵团的上校了。

我有一封肖耶尼基写的推荐信，信是写给卫戍部队司令、第9轻骑兵团的弗尔德斯上校和地方行政长官格拉皮克男爵的。我想在到达的第二天立即去拜访这两位先生。马车夫马内斯·赖西格渐渐沉默了,他没有什么重要的事需要讲述了,他生活中重要的事情都已经讲完了。然而马鞭还是在套子里,他还是松弛地握着缰绳,他还是坐在马车夫的高座上俯身朝向我。从他那如夜晚般蓝到发黑的髭须中露出一张宽阔的嘴来,嘴角一直带着微笑,露出雪白的牙齿,很容易令人联想起森林——静谧的森林——上方那轮乳白色的月亮。他的微笑愉快而亲切,甚至具有我所途经的这片土地的力量,这平坦而感伤的异域的土地。从茨罗托格洛德火车站到小城茨罗托格洛德的路上,辽阔的田野在我的右侧不断展开,而我的左侧则伸展出广阔的沼泽地,仿佛它出于自愿的守贞而有意远离火车站,因为后者会把它与这个俗世联系在一起。这是一个飘雨的午后,正如前面所说,时值初秋。马车夫马内斯的橡胶车轮在没有铺设石块的柔软的乡村公路上如鬼魂般无声地滚动着,两匹强壮的前任官马踏着强有力的节奏,蹄子发出沉重的嗒嗒声,马儿笨重地穿过深灰色的泥泞,厚重的粪便团子在我们眼前掉落下来。当我们看到房屋时,天色已经朦胧下来了。在一盏路灯那惨淡灯光的映照下,老远便可以看到,圆形广场的中央矗立着茨罗托格洛德唯一一栋两层小楼,也就是"金熊"宾馆,宾馆对面是一间小教堂。宾馆前方那孤单的路灯令人联想到一个试图含着眼泪微笑却最终失败的孤儿。

然而,我对陌生地方的预设远远不止"遥远"二字,其中大多让我感到熟悉和亲近。很久之后,在人们称之为"世界战争"的大战结束之后很久,我才意识到,并有理由认为,不是整个世界引发了战争,确切地说,我们所有人由于战争而丢失了一个世界——我们的世界;很久之后我才看清,不管种类与来源,各个地区、农田、国家、种族、房舍和咖啡馆必须臣服于强力精神的绝对自然法则,这种精神能够让偏远的地区靠近,让陌生的地方变得亲密,让表面上的分裂统一起来。我讲的是在古老帝国被误解被滥用的那种精神,它使我在茨罗托格洛德产生了家的感觉,就像在齐波尔耶、在维也纳一样。茨罗托格洛德唯一一家咖啡馆名为"哈布斯堡",就在我下榻的"金熊"宾馆的底层,它看上去就和我居住的约瑟夫城的维默尔勒咖啡馆一样——下午时分,我和朋友们一直在维默尔勒咖啡馆碰面。在这家咖啡馆的柜台后面也坐着一位非常熟悉的收银员,她头发金黄,身材丰腴。我那个时代只有收银员可能是这个样子的,她们是一种庸俗的女神,是罪过,她们不道德地放任自己,在她们身上同时呈现出色情、道德败坏的品质和善于经营的能力。我已经在阿格拉姆、奥尔米茨、布林、凯奇凯梅特、松博特海伊、厄登堡、斯腾贝格和穆格利兹见过同样的人了。国际象棋棋盘、多米诺骨牌、烟雾弥漫的四壁、煤气灯、卫生间附近角落里的厨房用桌、系着蓝色围裙的女服务员，还有穿着土黄色衬衫的乡村警察，他在突然闯进来之后显得既霸道又不知所措，羞怯得差点把插了刺刀的火枪插进雨伞架里。还有玩杜洛克纸牌的人，他们长着和皇帝一样的胡子，衣服上装饰着圆形的硬袖口，这些人每天准时汇聚在一起：这就是故乡，比单纯的祖国更为坚固，虽广袤辽阔且多姿多彩，却令人感到熟悉，故乡就是这个由帝国和王国组成的二元君主制国家。地方行政长官格拉皮克男爵和第9轻骑兵团的弗尔德斯上校都讲一口代表特殊身份的官方德语，说话带着鼻音。德语既可以强硬也可以柔软，仿佛斯拉夫人和意大利人是这门语言的缔造者和父亲似的，这门语言充满谨慎的讽刺，优雅地随时准备着表达善意、进行交谈，甚至是讲些可爱的蠢话。我用几乎不到一周的时间便熟悉了茨罗托格洛德，就像熟悉齐波尔耶、穆格利兹、布林和约瑟夫城里我们的维默尔勒咖啡馆一样。

我当然每天都乘着我的朋友马内斯·赖西格的马车在这地方闲逛。这地方真的贫穷，却表现出妩媚和悠闲自在。那大片贫瘠的沼泽地繁茂且慷慨，青蛙那发自肺腑的友好的大合唱，比我所知的其他生物的赞歌都要动听，原来上帝出于这个目的创造了它们以及它们的故乡——沼泽地。

在夜间，有时我能听到空中飞翔的野鹅的叫声，声音沙哑，并且时常中断。柳树和桦树上还悬挂着好多叶片，但是那坚硬的、有着工整的锯齿形边缘的金黄色叶子已经从高大得令人仰视的栗子树上掉落了下来。鸭子在街道中央摇摇摆摆地走过，发出嘎嘎嘎嘎的叫声。鸭群中间，从来没有干燥过的银灰色泥泞里，小池沼若隐若现。

傍晚，我常与第9轻骑兵团的军官们一起用餐，正确地说，是在一起喝酒。在我们啜饮的高脚杯上方，站立着双手交叉、白骨森然、不可见的死神。我们感知不到他的存在。我们有时候喝到很晚。出于对夜晚难以言说的恐惧，我们期待清晨。正如我刚刚所说，是出于一种难以言说的恐惧，我们当时觉得这完全可以理解，我们去寻求解释：因为我们还太年轻，才疏忽了夜晚。然而，我后来才看到，我们害怕的是白天，更确切地说，害怕上午这一天之中最清晰的时间。人们在上午看得清楚，同时也被别人看清楚。我们不想看清楚，也不想被别人看清楚。

所以我为了躲开清晨这段清晰的时间，也为了躲避我熟悉的埋头大睡——它会在通宵狂欢和彻夜不眠之后突然来访，我就像一个做错了事的朋友、一个糟糕的治疗师、一个坏脾气的好心人、一个诡计多端的行善者，迅速逃往马内斯这个马车夫那里。我经常在将近六点时到达，他正好在这时间起床。他住在城外，房子靠近墓地。我大概需要半个小时到他那儿。有时候,我到达时他刚起床。他的小房子孤零零的,被别人家的田野和草地包围着,墙刷成了蓝色,木屋顶是黑灰色的,整个房子就像一个活着的生物,看上去不是矗立在那儿,而是会移动。在周围正在变得枯萎的一片黄绿色中,房子墙面的深蓝色显得如此艳丽。当我推开那扇通往马车夫马内斯住宅的深红色院门时,有时会看见他正好跨出房门。他站在棕色的房门前,穿着粗布衬衫衬裤,光头赤足,手里拿着一只棕色的大土罐子。他不时喝上一口,然后从口中喷出一条水弧。他面朝初升的太阳,那茂密的黑色络腮胡子,那粗糙的亚麻布衣服,那蓬乱的浓密头发令人联想到原始森林、原始人和史前时代,令人迷惑和迟疑,并且不明所以。

他脱下衬衫,在井边冲洗身体。他有力地呼呼喘气、吐痰、叫喊,差点要欢呼起来,实在像极了一个穿越到后世的原始人。然后他重新穿好粗布衬衫,我们俩向着彼此迎面走去,互相问候。我们的问候方式既庄重又亲切。这是一种礼节,尽管我们几乎每天早上都见面,但我们一直用这种方式沉默地保证:在我眼中,他仅仅是一个犹太马车夫;他也仅仅把我看作一位从维也纳来的有影响力的年轻先生。有时候他会请我读信,他那在音乐学院就读的儿子偶尔会写信来。信很短。他儿子觉得应当用德语给他写信——上帝才知道是什么原因。但是首先因为他无法迅速掌握德语;其次,他那一颗柔软的父亲之心希望,这为数不多的几封信并不是那么简短,因此他关照我要慢慢地读。他还经常要求我把这些句子重复两三遍。

马车夫马内斯一踏进院子,狭小圈舍里的家禽就开始咯咯叫。马儿朝着晨曦、朝着他嘶叫,声音充满了渴望。他首先打开马厩,两匹白马同时从门口探出头来。他亲吻两匹白马,就像男人亲吻女人。然后他从储藏室取出车身,套上马匹;他打开鸡圈,家禽拍打着翅膀,尖叫着散开,就好像一只不可见的手把它们向着院子抛撒出去了似的。

我也认识马车夫马内斯·赖西格的妻子。她通常比丈夫晚半个钟头起床,起来后邀请我喝茶。我坐在粉刷成蓝色的厨房里喝茶,面前放着白色马口铁制成的大茶壶;马内斯吃着刮了皮的萝卜、洋葱面包和黄瓜,食物气味强烈,但是令人感到亲切,几乎令人感觉到家乡,尽管我从未吃过这种早餐。我那时正好热爱一切,我那时年轻,还太年轻。

我甚至还喜欢我的朋友马内斯·赖西格的妻子,按照普遍标准,她属于“丑女人”的行列:红发,脸上长着雀斑,像一只膨胀的小面包。然而,尽管她身材肥胖,她却有一种勾起食欲的特性,她给客人倒茶,为丈夫准备早餐。她为他生了三个孩子,其中两个死于天花。她偶尔会说起死去的孩子,就好像他们还活着一样。对她而言，这两个被埋葬的孩子和那个去维也纳音乐学院读书的儿子没有什么区别：那个儿子也离开了她的生活，让她觉得就像死去了一样。

对她来说，我的堂兄——烤栗子商贩——是生气勃勃活在当下的。我在这儿浮想联翩。

我的堂兄约瑟夫·布兰科·特罗塔很可能在一周后就要到这儿来了。

十

一周后，他来了。

他赶着骡子来的，骡背上驮着皮口袋和板栗。他还是那么黝黑快活，与我上次在维也纳见到的布兰科毫无差别。在这儿见到我，他看上去并不诧异。距离售卖烤栗子的旺季还为时尚早，我的堂兄因为我的缘故，提早几个星期来到这儿。从火车站到城里的路上，他坐在我们的朋友马内斯·赖西格旁边的马车夫高座上。骡子用马笼头绑带拴在马车后面。皮口袋、烤炉和栗子挂在马车的两边。我们朝着小城茨罗托格洛德行进，但是我们并不引人注目。茨罗托格洛德的居民每隔一年都能看见我的堂兄约瑟夫·布兰科出现在此处①。即使对我——这个误入此处的陌生人——他们也已经见怪不怪了。因此,我们在进城的路上并未引起任何关注。

我的堂兄约瑟夫·布兰科与往常一样住在马内斯·赖西格家里。由于他去年夏天出售怀表和怀表链那笔好买卖的缘故,他给我带来了一些民间的小玩意儿,比如一只用银子打成的烟灰缸,上面还装饰着两把交叉的短剑以及与这两把剑没有丝毫关系的老圣徒尼哥底母;再比如一只我从中似乎能闻到酸面团味道的黄铜杯子,以及一只涂了漆的木雕布谷鸟。约瑟夫·布兰科说,因为我有能力补偿给他"运输成本",所以他带这些东西来送给我。我明白,他说的"运输成本"是什么意思。就在他到达的那个傍晚,我买下了他的烟灰缸、水杯和木头布谷鸟。他很高兴。

他借口为了打发时间,实际上是利用每个机会赚钱,他不时游说马车夫马内斯:他——约瑟夫·布兰科,是一个熟练的马车夫,比马内斯的驾车水平高,寻找客人的能力也比马内斯强。但是马内斯不接受这些说辞。清晨,他没有理睬约瑟夫·布兰科,自个儿把白马拴在马车前,驱车前往他的同事们——也就是其他马车夫坚守的火车站和集市广场了。

① 此处的时间"每隔一年"与前文"每个秋季"自相矛盾,译文按照德语原著翻译。

这个夏天美好而晴朗。尽管茨罗托格洛德几乎不是一座“真正的小城”,与其说它是个“小城”,还不如说,它看上去更像是一个伪装的村庄,尽管它散发着自然的清新气息,但是由于它被森林、沼泽和丘陵包围着,所以集市广场显得很压抑——人们大可以相信,森林、沼泽和丘陵可能会每天向城里侵袭一点儿,如此自然,就像一位从火车站过来的旅客想在“金熊”宾馆投宿一样。然而,在我的朋友,也就是地方行政官员们以及第9轻骑兵团的先生们的眼中,茨罗托格洛德是一座真正的城市。因为他们必须这样想:他们并不是流放到了一个被世界遗忘的角落;仅仅茨罗托格洛德有火车站这个事实就给他们带来了安全感,令他们感觉自己并不是生活在文明社会之外,他们曾经在文明社会中成长,那儿也宠坏了他们。因此他们假装自己必须远离不利于健康的城市空气,他们会一周之内数次乘坐马车驶向那些原本也在向他们逼近的森林、沼泽和丘陵。因为茨罗托格洛德不仅充溢着自然风光,也被它的周围环境压抑着。所以我和我的朋友们一周数次乘坐马内斯·赖西格的马车去往茨罗托格洛德“周围”。人们把这种行为称为“郊游”。我们经常把车停在雅德洛夫克家的小酒馆前。老雅德洛夫克是一个长着银色胡须的高龄犹太人,他坐在宽大的赤褐色双扇拱形大门前,神情呆滞,身体半瘫。他仿佛一个冬季,虽然还享受着利用着秋季最后的美好时光，却同时正在进入那即将来临的再也没有四季的永恒之中。他听不见了，他一个字也听不到，他双耳全聋了。我却认为，从他那悲伤的黑色大眼睛里可以清楚地看到，他在一定程度上看见了这些年轻人只有用耳朵才能获悉的一切，因此可以这样说，他心甘情愿地耳聋。游丝缓慢而温柔地在他头上飞过。银色的、依旧暖和的秋日阳光令他全身发亮，这个面西而坐的老人，这个期待傍晚与落日的老人，他不是在等待阳光，而是在等待那即将濒临的永恒，更是期待着死神在尘世间的征兆。蟋蟀不知疲倦地唧唧叫着，青蛙呱呱地叫个不停，这个世界一片和平——秋日苦涩的和平。

由于我的堂兄约瑟夫·布兰科忠实于奥匈帝国烤栗子商贩的一项古老风俗，他习惯在这个时节开始在茨罗托格洛德的环形广场上摆摊。烤苹果那温热的、剧烈的甜味两天之内就在整个小城弥漫开来。

开始下雨了。这是一个周四。第二天，也就是周五，布告已经贴满了大街小巷。

这是我们的老皇帝弗兰茨·约瑟夫的通告——“告子民书”！

十一

我是预备役候补军官。差不多在两年前，我离开了我的第21步兵营。我当时觉得，战争来得正是时候。当战争降临并且不可避免时，我立刻就认识到——我也认为我的所有朋友应该都会尽快认识到这一点——即使是毫无意义的死亡，也比毫无意义的活着要好。我对死亡感到恐惧，这是毋庸置疑的。我不想战死，我只不过是想为自己获得可以死亡的保证。

我的堂兄约瑟夫·布兰科和他的朋友——马车夫马内斯，都是预备役士兵。他们也必须参战。在皇帝把通告贴到墙上的那个周五傍晚，我同往常一样去赌场，和第9轻骑兵团的朋友们一起吃饭。我无法理解，他们依然有胃口吃吃喝喝，他们与平常一样讲着笑话，对于接到前往东北方向的俄国边界拉季维利夫这个指令，也抱持满不在乎的愚蠢态度。我是唯一一个在他们那善意的，甚至是喜悦的，至少也是毫无表情的脸上看见了死神的征兆的人。他们似乎处于一种回光返照的状态——那种死神经常赐予垂死之人的征兆。尽管他们眼下还是健康欢快地坐在桌旁，畅饮着烈酒和啤酒,尽管我装作在参与他们愚蠢的玩笑,我却觉得自己像个医生或者护士,能够看见病人的死亡,并且为之感到庆幸:垂死之人对于濒临的死亡还毫不知情。时间长了之后,我却对此感到痛苦,可能就像某些医生和护士那样,面对死亡以及垂死之人的回光返照,自己在某个时刻也感到迷惑:是把死亡信息告诉垂死者更好呢,还是接受这个善意的行为,让他毫不知情地走向死亡?

我因此很快离开了第9轻骑兵团的先生们,前去马内斯家。前面讲过,我的堂兄约瑟夫·布兰科住在这个马车夫家里。

这两位是多么与众不同啊!在我去过第9轻骑兵团的赌场之后,在这个傍晚之后的时光里,他们令我感到多么舒适啊!犹太马车夫马内斯家涂着蓝漆的房间里燃烧着蜡烛,也许是宗教仪式上使用的那种类型,它们几乎是喜悦地面对自己的死亡,在绝对镇静绝对自信地燃烧着:三支发出金黄色光焰的蜡烛,插在绿色的信封中——马车夫马内斯太穷了,买不起黄铜烛台。它们燃烧得几乎只剩下末端了,在我看来,它们象征着这个世界的终结。我知道,世界末日现在开始了。桌布是白色的,酒瓶是那种廉价的深绿色,这颜色似乎在堂而皇之地宣布里面所盛液体的平民性,濒死的残烛发出金黄色的微光,光线颤动不安。跳动的光线照亮桌子上方,在深蓝色墙面上也投下了不安分的、仿佛也在颤动的阴影。桌首坐着马车夫马内斯,他并没有穿平常的马车夫制服,也没穿那件带腰带的羊皮大衣,也没戴那顶棱纹平布的帽子,而是穿着一件微长的有光呢上衣,头上戴着一顶黑色的丝绒小帽。我的堂兄约瑟夫·布兰科穿着那件经常穿的宽大的短皮衣,出于对犹太主人的尊敬,他头上戴着提洛尔人的绿色礼帽。一只家蟋蟀不知在何处刺耳地唧唧叫着。

"现在我们大家都得道别了。"马车夫马内斯首先开始说话。他镇静自若,比我那些第9轻骑兵团的朋友更有远见。我差点想说:每个被死神盯上的贵族都应该准备好接见他。他又继续说道:"这肯定是一场大战,时间会很长,谁也不知道,我们三人当中有谁能回来。我是最后一次坐在这儿,坐在周五的晚餐桌前,坐在我妻子旁边,坐在安息日的蜡烛前面了。我们朋友们,你,布兰科,还有您,先生,我们三人庄重地告别吧!"为了举行一个真正庄重的道别仪式,我们决定,三个人一起前往雅德洛夫克家的小酒馆。

十二

雅德洛夫克家的小酒馆二十四小时营业,无论在白天还是在夜晚。这家小酒馆深受俄罗斯逃兵青睐,这些逃兵曾是沙皇的士兵，在美国商船航线那数目众多的代理人的劝说、阴谋和恫吓之下，他们离开了军队，乘船前往加拿大。当然会有许多人逃跑。逃兵们甚至把自己或者亲戚身上剩余的最后一块钱都付给了代理人。雅德洛夫克家的小酒馆声名狼藉。但是如同每个地区所有声名狼藉的酒馆一样，它是给予奥地利边界警察的特殊恩典，它在一定程度上既处于相关当局的监视之下，同时又得到他们的保护。

我们沉默着，沮丧地走了半个小时。当我们到达小酒馆时，那扇宽大的赤褐色双扇拱形大门已经关上了，甚至门前悬挂的提灯也熄灭了。我们只好敲门，店里的伙计奥努弗里耶来给我们开门。我熟悉雅德洛夫克家的小酒馆，曾经来过几次，我熟悉这种习以为常的混乱；常常笼罩着这儿的混乱是一种由背井离乡者引起的特殊噪音，这些商船乘客都是相似的：走投无路，不仅没有现在，而且直接从过去过渡到未来，从熟悉的过去跨越到极度没有把握的未来——他们离开陆地，缓慢地踏上摇摆的栈桥，乘上一艘异域的船只。

今天的小酒馆却是安静的。是的，极其安静。连那个矮小的卡普图拉特，那个平常最勤快、嗓门最大的代理人之一，今天也沉默地坐在角落的炉边长凳上。平日里，由于职业的需要，异常忙碌、滔滔不绝之中往往隐藏了他所有的自然天性。他今天仍然如同往常一般矮小，却加倍地不引人注目，仿佛变成了自己的一道沉默的影子。就在前天，他刚刚做完一票，或者套用他们的行话：他刚刚让一个叛逃者穿越边界安全“着陆”；现在皇帝的布告贴满了大街小巷，战争来临了，神通广大的航运代理本人也无能为力了，世界历史的隆隆雷声令矮小的、喋喋不休的卡普图拉特也沉寂了下来，它强有力的闪电把他缩小成一道影子。卡普图拉特的牺牲品——那些叛逃者，目光呆滞地麻木地吃着食物，面前的杯子只空了一半。前些日子，每当我来到雅德洛夫克家的小酒馆时，作为一个轻浮青年的特别消遣，我曾经仔细观察过这些背井离乡者是如何逍遥自在，他们一杯接一杯地喝着，一杯接一杯地呼叫侍者上酒；这个轻浮青年在别人的、包括最陌生者的漫不经心的表现中，看到了他自己任性妄为的合法性。酒馆老板雅德洛夫克坐在柜台后面，就像一个灾祸的传话者，尽管他不是灾难的使者，但也是它的搬运者；即使客人要求斟酒，他看上去似乎也毫无兴致。所有这一切还有何意义呢？俄国人可能在明天或者后天就要打过来了。一周前，这可怜的雅德洛夫克还庄严地闲坐在那儿，捋着一把银色的小山羊胡子，在他那酒吧老板的外衣之下俨然隐藏着一位市长的身躯，他被当局隐蔽地监视着，同时又保护着，尊敬地猜疑着；但是他今天看上去就像一个不得不摒弃过往的人,宛如一个世界历史的牺牲品。身材粗壮的金发收银员也在柜台后面,坐在他身旁,看上去好像同样被世界历史暂时解雇了似的。个人的一切一下子进入了公共领域。国家代表了个体,接替了个体,象征着个体。因此我们的道别仪式是那么不合时宜,只能草草结束。我们仅仅喝了三杯蜂蜜酒,沉默地吃着当作下酒菜的咸豌豆。我的堂兄约瑟夫·布兰科突然说道:“我先不去萨拉热窝。我和马内斯一起在佐洛乔夫报名!”“太好啦!”我叫道。我当时就明白了,我和我的堂兄想到一块儿去了。

但是我思念着伊丽莎白。

十三

我想念伊丽莎白。自从看到皇帝的通告,我只有两个想法:想到死亡和想念伊丽莎白。时至今日我仍不清楚,这两个念头哪一个更强烈一些。

面临死亡,我之前所有愚蠢的担心——担心朋友们会愚蠢地嘲笑我——都消失和忘却了。我突然感到有勇气承认自己所谓的“短处”,这在我的生命中是第一次。我当然已经预感到,维也纳的朋友们那轻率的狂妄自大应该也在死神的黑色光泽之下屈服了。在离别的时刻,在如此的离别时刻,不再有任何讥嘲的空间。

我原本也可以在佐洛乔夫的地区临时司令部报名,马车夫马内斯在这儿参军,我的堂兄约瑟夫·布兰科也想前往此处。我的愿望实际上是:忘掉伊丽莎白、我在维也纳的朋友们和我的母亲,尽快投奔死神的下一个车站,也就是佐洛乔夫的地区临时司令部,因为一份强烈的情感把我和我的堂兄约瑟夫·布兰科以及他的朋友马车夫马内斯·赖西格捆绑在一起了。我的情感在靠近死神时变得更诚恳了,仿佛变得更明晰了,就像清醒的理智与认识在重病时偶尔也会乍现一般,尽管害怕、饱受折磨、预感到令人窒息的痛苦,我却感觉得到了一种可观的补偿,因为我终于认识到:幸福是通过痛苦而获得的,极乐是一种因为预知而得到的补偿。生病是非常幸福的。预知即将来临的世界恶疾——世界大战,我那时同样感到幸福。我仿佛可以把平日里抑制住的所有狂热宣泄出来。我既被拯救同时又面临危险。

我已经清楚,与除了肖耶尼基伯爵之外的所有以前的朋友相比,我更喜欢我的堂兄约瑟夫·布兰科和他的朋友马内斯·赖西格。人们当时把这场战争想象得特别简单、相当草率。我至少属于那些并不罕见者之一,我们认为,我们将驻防在也许封闭的卫戍地,这些卫戍地即使不是一个挨着一个,也离得并不远。我想象,我祈祷,我能与堂兄约瑟夫·布兰科和他的朋友马车夫马内斯靠得近些。

但是没有时间可以浪费了。我们每一天都面临时间不够的困境,是的,困扰着我们的事实是,我们没有时间了:没有时间享受生活仍然给予我们的有限空间,也不再有丝毫时间期待死神的莅临。我们在那个时候根本不知道,我们是盼望死亡还是期待活着。对那时的我和我的同胞而言,每个时刻绝对都是生命中最紧张的,在那些时刻,死神还不像有朝一日将堕入的深渊,死神还像彼岸,大家都想通过纵身一跳奋力到达;并且大家知道,在纵身跳到对岸之前需要多少时间。

我自然先回家看望母亲。很明显,她几乎并不期待再见到我,但是她装出期待我的样子。这是母亲们的一个小秘密:她们从不放弃再次见到自己认为死掉了或者真的死去了的那个孩子;如果一个死去了的孩子再次站到母亲面前,她理所当然会张开双臂,就好像他不是从彼岸,而是从此岸的某个远方回家了似的。一个母亲总是期待着自己的孩子回家:究竟他是去了一个遥远的国度还是邻邦,或者是去了死神那儿,这是无所谓的。

我在将近上午十点时到家,我的母亲也在准备迎接我。她像往常一样坐在那儿,坐在靠背椅上,面前是刚刚吃完的早饭，她戴着一副嵌着椭圆形镜片并镶钢边的老式眼镜，眼睛盯着面前的报纸。我进屋时，她摘下了眼镜，但是几乎没有放低报纸的高度。“妈妈，我想亲吻您的手！”我说。然后我走向她，把报纸从她手中取下来。我完全跌进她的怀里。她亲吻我的嘴唇、脸颊和额头。“战争来了。”她说，就好像她在告知我一条新闻似的；或者对她来说战争此刻才爆发，在我回家之时，在我和她——我的母亲，道别之时。

“战争来了，妈妈，”我回答，“我回家来和你告别。”“还有，”过了一会儿，我补充道，“在我上战场之前，我想和伊丽莎白结婚。”

“为什么要结婚，”我母亲问道，“如果你反正要上战场？”她还说，如同一位母亲所说的那样，如果她不得不让自己的孩子，自己唯一的孩子，去送死，那么她宁愿自个儿送孩子到死神那儿去。她不想和另外一个女人一起占有他然后再失去他。

她可能在很久以前就已经预感到，我爱伊丽莎白。（她也认识伊丽莎白。）从很久以前开始，她可能已经在担心，有朝一日她会失去唯一的儿子——被另一个女人夺走，与因为死亡而失去儿子相比，这种失去可能让她感觉更糟糕。“我的孩子，”她说，“你现在有能力也有权利独自决定自己的命运。在你上战场之前，你想结婚，这我理解。我不是男人，我没见过打仗,我几乎不知道什么是军队。但是我知道,战争是可怕的,它可能会让你丧命。这个时刻我可以对你说实话。我不喜欢伊丽莎白。要是在别的情况下,我不会阻止你娶她,但是我也不会实话实说。如果情况允许的话,你结婚吧,还要幸福。现在结束这个话题。我们说点别的事:你什么时候走?去哪里?”

在我生命中,我第一次在母亲面前感到不知所措,是的,我感到渺小。除了这句蹩脚的话之外,我无法回答她:“我不久就会回来的,妈妈!”时至今日,这句话仍然让我感到是一种亵渎。

“回来吃午饭,孩子,”她说道,似乎在这世上除了说类似的话之外,就没有别的事可以做了,“我们今天中午吃煎肉排和李子馅甜饺。”

这对我来说是母爱的了不起的表现:在某种程度上可以说,温馨的李子馅甜饺突然打破了我的死亡准备。我感动得差点双膝跪下。但是我那时还太年轻,认为表达情感是件羞耻的事情。从那个时刻起我也知道了,必须成熟,至少要有可以毫无顾虑地表达情感的经验。

我与往常一样亲吻了母亲的手。我将永远不会忘记,她的手柔软纤细,布满青筋。上午的阳光穿过深红色的丝质窗帘渗透进房间,变得温柔了,如同一位斯文的客人,装扮得像去参加典礼似的。母亲苍白的手闪着微光,泛出难为情似的绯红,仿佛一只净化过的手,藏在由过滤后的上午阳光织就的透明手套里。花园里鸟儿秋日里的胆怯叫声在我听来如此熟悉,同时又如此陌生,就像母亲这只熟悉的、被红色掩盖着的手。

"我没有时间可以浪费了。"我唯有如此说。

我去拜见我爱恋的伊丽莎白的父亲。

十四

我爱恋的伊丽莎白的父亲在当时是一位众所周知的、可以用"著名"来形容的制帽厂老板。他已经由一名普通的皇家商业顾问变成了一位普通的匈牙利男爵。在这个古老的君主国有一种简直滑稽可笑的习俗,有时会授予奥地利的商业顾问"匈牙利男爵"这样的贵族称号。

对我未来的岳父而言,这场战争一定来得正是时候。他已经超过了参军的年龄;但是从一个可靠的制帽厂老板成为灵巧的军帽制造商,他的年纪还足够年轻。制造军帽能带来更多收益,并且比制造礼帽的花费更少。

我走进他家时,正值中午,刚刚从市政厅传来十二点的钟声。他正好从国防部回来，由于商谈顺利而心情愉快。他拿到了一笔制作50万顶军帽的订单。他对我说，他，这个无用的老人还可以用这种方式来报效祖国。他一边说一边用双手不断梳理灰金色的络腮胡子，就好像他想要爱抚这个君主国的两部分领土——也就是内莱塔尼亚和外莱塔尼亚[①]。他个子高大，孔武有力，动作迟缓。他令我想到快活的搬运工，虽然他的肩上扛着制作50万顶军帽的重负，但是看上去这个重负并没有给他增加负担，反而让他变得更轻松了。“对了，您要参军去了！”他用一种简直是欢愉的声音说道，“我可以想象，我的女儿将会想念您。”

我此刻感到，在他眼皮底下向他女儿求婚，似乎是不可能的。因为急于试图把不可能变成可能，因为紧张——愈发临近的死神逼迫我饱尝痛苦，我失去了耐心，没有教养地对制帽厂老板说：“我必须立刻见到您的女儿。”

“年轻的朋友，”他答复道，“我知道，您想向我的女儿求婚。我知道，伊丽莎白不会拒绝。您先握我的手吧，把自己看作我的儿子！”

---

① 内莱塔尼亚和外莱塔尼亚：奥匈帝国的领土一般分为两个部分，即内莱塔尼亚和外莱塔尼亚。狭义的内莱塔尼亚仅指莱塔河以西的部分，即奥地利，但广义的内莱塔尼亚还包括斯洛文尼亚、波希米亚、摩拉维亚、加里西亚和达尔马提亚等地区。外莱塔尼亚，即莱塔河以东的部分，包括匈牙利、斯洛伐克、特兰西瓦尼亚和克罗地亚。

他此时向我伸出手来，他的手掌宽大柔软，肤色过于白皙。我握住他的手，感觉就像碰触到一块令人厌恶的生面团。这是一只既没有力量也没有温度的手。这只手表明，他把我当作“儿子”的话是一句谎言，它甚至收回了这句话。

伊丽莎白来了，制帽厂老板避免我多费唇舌了：“特罗塔先生要去打仗了，”我的岳父说道——就好像说“他要去里维埃拉度假了”一样，“在此之前，他想和你结婚。”他用与一个小时之前在国防部与军装负责人商谈军帽时同样的声调说话，但是伊丽莎白在这儿。她在这儿微笑，她的微笑仿佛在她身体之前闪烁，在我眼前闪烁，从她那儿诞生了一道光芒，尽管寂静无声，可是我的耳边似乎响起了一种永恒的、自己总在不断更新的幸福的银铃声。

我们拥抱。我们第一次接吻，热烈地，几乎是肆无忌惮地，尽管她的父亲在旁边注视着，是的，我们甚至可能有放纵和亵渎的意图，明明知道有一位缄默的见证人就在旁边，还故意为之。我敞开了自己。我没有时间了。死神已经站在我的背后。我已经是他的孩子了，比成为制帽厂老板的儿子更确凿无疑。我得去位于兰德大街主街道上的第21步兵营了。我赶过去，从拥抱直接到军队，从爱情直接到毁灭。我的内心均等地享受着这两种滋味。我叫了一辆马车，驶向军营。

我在那儿遇到了几个朋友和同学。他们之中也有人和我一样,刚刚从拥抱中来到此处。

十五

他们刚刚从拥抱中来到此处,这对他们来说,就好像已经履行了最重要的战争职责。结婚已经确定下来了。他们中的每个人娶一位姑娘,即使她并不门当户对,即使她只是一位偶然到来的新娘。他们与我们一样,不知来自那个时代的何处,就像飞蛾——一种短暂夜晚慷慨大方的天鹅绒般的礼物,经常出于玄妙莫测的理由飞来,在夏夜穿过敞开的窗户振翅飞向桌子、床和壁炉台,生命短暂,轻浮放荡,慷慨献身。倘若继续处于和平时期,我们中的每一个人肯定都拒绝和一名女性缔结法律上的婚姻关系。那时,只有皇位继承人必须合法结婚。我们的父辈在三十岁时已经成为举止庄重、儿女众多的一家之主了,到了我们这注定要奉献给战争的一代人这里,传宗接代的欲望却明显消失了。我们没有丝毫兴趣去延续血脉。死神并不是只在我们饮酒的高脚杯上方白骨森然地交叉着双手,他还立在我们和妻子夜晚的睡床上方。因此,我们那时的妻子是如此偶然。我们连她给我们带来的兴致也不怎么感兴趣。

但是现在，战争把我们突然召唤到地区预备役司令部时，突如其来的想法并不是战争令我们首先想到的死神，而是婚姻和死神的姐妹——危险。荣誉感也是一种麻醉剂，麻醉了我们的恐惧和所有不好的预感。如果要病危者立遗嘱，以及整理他们在尘世上的事务，他们可能会颤颤巍巍。而我们却是青年，四肢健康又灵活！我们觉察不到颤抖，感觉不到真实的颤抖，荣誉感只会讨我们的欢心，对我们阿谀奉承，召唤颤抖停步。是的，我们出于虚荣而立下遗嘱，我们出于虚荣而匆忙结婚，如此匆忙，从一开始就自动关闭了思考或懊悔。与单纯地流血牺牲相比，婚姻让我们显得更高贵。我们虽然害怕死神，但是无论如何更愿意拥有一段终其一生的关系，婚礼让死神变得不那么危险不那么丑陋了。我们几乎切断了退路。恐惧必然助长了那难以忘怀的狂热的首次激情，我们带着这样的激情走上不幸的最初战役，我们恐惧重返"家庭生活"，害怕破旧得似乎患上痛风症的家具，忌惮失去魅力的妇女，担心像天使一样来到世间的可爱孩子会变成坏心眼的陌生人。不，这一切我们都不想要。危险本不可避免。但是为了让我们尝到它的甜头，我们命令自己举行婚礼。我们因而做好准备，迎面走向它，就像迎面走向一处仍旧陌生、但是已经朝我们友好地招手的故乡……

尽管如此，尽管我知道，我的感觉与同伴们一样，比如贝伦费尔斯预备役的候补军官、哈特曼少尉、林克中校、勒奇男爵、军事学院研究生布罗希纳博士，我在这儿列举的所有人，在我看来，与我的堂兄约瑟夫·布兰科及他的朋友犹太马车夫马内斯·赖西格相比，他们都显得浅薄而轻浮，既不友好又愚蠢无知，既配不上迎面走向死亡，也配不上他们正在筹备的遗嘱及婚礼。我热爱自己所在的第21步兵营，这是确凿无疑的！这支古老的皇室和王室军队了解自己的爱国心，了解当地的爱国主义，政府的爱国主义和步兵营的爱国主义。在我服役期间，以及在后来一年一度的演习中，我与排长马雷克、下士蒂尔林、二等兵阿洛伊斯·胡贝尔一起在军事上成长。在军队里人们似乎会再次成长：士兵要学习行军，就像幼儿要学习走路一样。人们从来不会忘记那些与自己同时学会行军的新兵战友，大家一起擦拭步枪、练习操枪动作、打背包，一起按照规定整理床铺、卷起大衣、擦拭靴子，一起按照服役守则第二部分的规定在夜晚站岗执勤，以及遵守服役守则第一部分的定义：服从与纪律。人们从来不会忘记这些，不会忘记那个用来练习跑步的瓦塞尔维泽。晚秋时分，我们用绷紧的双肘进行关节练习，朦胧雾气中，树木影影绰绰，一株株冷杉变成了一个个身着青衫的寡妇。过了十点钟的休息时间之后，我们按时在眼前的林中空地上开始旷野练习——田园诗般地预示着鲜血淋漓的战争。不，人们不会忘怀。第21步兵营的瓦塞尔维泽小酒馆是我的故乡。

我的战友们是如此快活！我们坐在小酒馆里——它原本并不是小酒馆，从某种程度上可以说它并不是以酒馆的身份诞生的。更确切地说，随着我们第21步兵营熟悉这个地区，随着第21步兵营成为这个地区的一分子，它才从一个出售滚边、六芒军衔星章、一年制义务兵役勋标、圆花饰和鞋带等制服配件的普通店铺，经过很长时间的发展成为一家酒馆的。那些“花边”还躺在柜台后面的货架隔层上。在半昏暗的店铺里还嗅得到厚纸盒的味道，纸盒里存放着白色橡胶和金色丝绸制成的军衔星章，军官制服使用的圆花饰和捆成一束、看上去像金色毛毛雨的缨带，这种味道要比苹果酒、烈性酒和年代更久远的下奥地利瓦格赖恩葡萄酒强烈得多。在柜台前摆放着三四张小桌子。它们在我们的青年时代，在我们一年制义务兵役服役时期出现在那儿。我们在那个时候购买了这些小桌子，店主人，也就是花边商人青克尔，仅仅凭借我们营长保利少校的说请，就获得了酒类零售营业许可证。然而，平民百姓在花边商人这儿是买不到酒的，营业许可的范围仅仅是军人。

我们现在又重新聚集在花边商人的店里,就像从前服役期间一样。恰恰是战友们的无忧无虑深深地伤害了我,他们今天为即将来临的胜利欢呼,就像多年前为迎接即将来临的军官考试一样举杯痛饮。那时,我内心的预感极其强烈,我预感到,战友们能够通过军官考试,但是无法通过战争这场测试。他们娇生惯养地在维也纳长大,长成这个城市和善的、几乎和善到可笑的孩子。这个娇弱的、过于频繁得到赞美的首都、皇宫所在地,由帝国的王室领地持续不断地供养着,似一只闪闪发亮的诱人蜘蛛,坐在强大的、黑黄相间的网络中央,不断从周围的王室领地那儿获得力量、元气和荣光。我贫穷的堂兄——来自齐波尔耶的烤栗子商贩约瑟夫·布兰科·特罗塔,那生活贫困的犹太马车夫——来自茨罗托格洛德的马内斯·赖西格:靠着他们缴纳的税款,被加封为男爵的犹太人托德斯科家族在维也纳环形路旁修建起壮观的房屋;凭借他们缴纳的税款,维也纳修建了一系列公共建筑——国会大厦、法院、大学、土地信贷机构、城堡剧院、国家剧院,甚至包括警察局。我父亲从前经常这么说:这个帝国的直辖市、首都及皇宫所在地,它的灿烂辉煌完全倚仗王室领地对奥地利那悲剧般的爱恋。普兹塔草原的吉卜赛人、亚喀尔巴阡山脉的胡楚尔人、加利西亚的犹太马车夫,我自家的亲戚、斯洛文尼亚齐波尔耶的烤栗子商贩,来自巴奇卡的斯瓦本烟草种植者、西伯利亚大草原的饲马者、奥斯曼的西贝尔斯纳人,来自波斯尼亚和黑塞哥维那的那些人,来自摩拉维亚地区哈纳凯的贩马者,来自埃尔茨山脉的织工,来自波多里亚的磨坊主和珊瑚商人:他们所有人都慷慨地养育着奥地利,越贫穷的人越慷慨。他们的主动付出似乎理所应当,他们同时付出如此多的不幸与痛苦,只为了使这个帝国的中心成为优雅快乐、精妙绝伦的所在。

我们获得的恩赐与日俱增,欣欣向荣,他们则只能用灾难与悲伤给田地施肥。

当我们这样聚坐在花边商人的店里时,我想起马内斯·赖西格和约瑟夫·布兰科。这两人肯定不想如此优雅地赴死,不想像我的步兵营战友们一样奔赴优雅的死亡。我也不想如此,我也不想!我和战友们不同,正好与他们相反,也许此刻我是唯一一个预感到黑暗力量即将来临的人。因此,我突然站起来,甚至出乎自己意料之外,我说了下面这番话:

“我的战友们!我非常喜爱你们所有人,这份喜爱恰如其分地存在于战友之间,特别在这临死的时刻……”

我说不下去了,心跳似乎停止了,舌头也不听使唤了。我想起了父亲——上帝宽宥我的罪过,我撒谎了。我以死去的父亲为借口说谎了,他从来没说过这样的话,但是我希望他真的曾经这样说过。我接下来说道：

“我父亲昔日曾经预见到我要上战场，他最后的遗愿之一就是，不希望我和诸君一起在高贵的第21步兵营参战，而是要我参加堂兄约瑟夫·布兰科服役的军团。”

大伙儿都沉默了。我这一生中还从未遇到过如此这般的沉默，仿佛我夺走了他们轻浮的战争之乐。我是一个煞风景的人，一个败坏了他们参战兴致的人！

我清楚地意识到，我不必继续待在这儿了。我起身，向他们伸出手。时至今日，我仍然能感觉到第21步兵营战友们那手心的冰冷与失望。我的心很痛。但是我想与约瑟夫·布兰科以及茨罗托格洛德的马车夫马内斯·赖西格一道赴死，不愿意和跳着华尔兹的维也纳人一起奔向死神。

我因此第一次失去了第一个故乡——第21步兵营，连同大家钟爱的普拉特的瓦塞尔维泽小酒馆。

十六

我现在得去拜访肖耶尼基的朋友，国防部的施特尔马赫中校。留给我转移到第35步兵团的时间不多了，不足以用来筹备婚礼。我想同时完成这两件风马牛不相及但又令人眼花缭乱的事。一件事似乎能加速另一件的完成。这两件事完全令我头昏脑胀了,至少它们同时阻碍我去寻找具有说服力的理由来为自己的轻率进行辩解。除了“必须加快速度”之外,我在那时不知道该做些什么。我也不想弄得太明白,为何如此以及为了什么目的必须如此。但是我预感到我的朋友约瑟夫·布兰科和赖西格被哥萨克骑兵追踪,正在穿越东加利西亚某处的泥泞公路向西行进,这种预感就像睡梦中听到的淅沥雨声,已经深深嵌入脑海中。谁知道呢?也许他们已经负伤或者阵亡了。那么,我至少想用在他们所属的步兵团服役这种方式来缅怀两人。我那时还太年轻,我们对战争还一无所知!但是,我多么容易沉湎在这种想象中啊!我想象这项任务落到我身上——由我来向勇敢的第35步兵团讲述他们亡故的战友特罗塔和赖西格真实的、略带一点虚构的逸事,以此来永远怀念两人。在第35步兵团服役的都是些善良、贫穷的农民,中士操一口官方腔调的德语,生搬硬套了许多他们斯拉夫母语的用法,就像他们军服翻领上的军衔和深绿色制服上的金黄色镶边一样不协调;军官们也不是被欢快的维也纳宠坏了的孩子,他们是手工业者、邮差、警察、农场主、佃户和烟草商贩的儿子。在当时的我看来,被他们接纳几乎与他们中的某人或某些人调动到肖耶尼基的第9骑兵团一样困难。在这些想象中有一点是确凿无疑的，它们被蔑称为“浪漫”。那时我还不会为之感到羞愧，即使时至今日，我仍然坚持认为，与难得地强迫自己丢掉浪漫相比较，我生命中这段浪漫想象的时光让我与现实更为接近了：这些流传下来的名称是多么愚蠢啊！如果人们打算承认这些说法，那么在经过不断观察之后，我认为：世上所谓的现实者是不容易接近的，他就如同一道水泥和混凝土垒成的环形围墙；所谓的浪漫者则如同一座开放的花园，真理在此随意地进进出出……

我必须去拜访施特尔马赫中校。在我们这个古老帝国，从陆军转到地方防卫军，或者仅仅从狙击手变成步兵，都是一种国家军事行为，虽然并不比占领一个师的指挥部更困难，但是更为错综复杂。然而在我的那个已经消失的世界里，也就是在那古老帝国里，存在着虽然无名无分、不被批准，却极具吸引力的、珍贵的不成文法，业内人士都非常熟悉，它们比成文法更坚固更不朽。成文法规定，每一百封请愿书中只有七封可以得偿所愿，并且在办理时不但快捷而且还悄无声息。我知道，时至今日，信奉绝对司法公正的野蛮人仍会对此感到愤慨。他们痛斥我们这些贵族和唯美主义者，今日依然如是。我每时每刻都看到，他们这些非贵族和反唯美主义者，是如何为他们的兄弟——那些愚蠢的、没有教养的、非正义的野蛮人铺平道路的。这也为绝对公正埋下了一个引起纠纷的根源。

如前所述,我那时既没有兴趣也没有闲暇去思考这个问题。我去找施特尔马赫,直接穿过上尉、少校和上校等候着的走廊,直接进入挂着“禁止进入”的那扇门——我,一个可怜瘦弱的年轻步兵军官。施特尔马赫低着头坐在文件堆后面,看见我之后,他招呼道:“你好!”他很清楚,得用亲密的语气向通过“禁止进入”之门的人打招呼。我看见他粗硬的白发,沟壑纵横的淡黄色额头,似乎没有眼皮的凹陷小眼睛,骨头突出的瘦削面颊,一大把染成黑色的、撒拉森人样式的下垂胡子。为了不让虚荣这种东西在生活和职业中打扰自己,施特尔马赫对虚荣的注意力似乎都放到胡子上去了。最近一次见到他是在德默尔的甜食店里,那是一个下午的五点,奥地利外交部的枢密顾问佐尔格扎姆当时也在场。那时,我们对于这场战争还没有一丁点儿预感,那时是五月,维也纳的五月沉浸在镶银边的小“金碗”里,漂浮在餐具、鼓鼓囊囊的细长巧克力条、能令人联想到可食用的奇异珠宝的粉红色及绿色奶油薄片之上,在这样的五月中旬,枢密顾问佐尔格扎姆说:“先生们,不会有战争!”——现在施特尔马赫中校心不在焉地从文件堆中抬起头来,他甚至连我的脸都没看见,只注意到制服、缨带和军刀,这就够了。他立刻再来了一声“你好”,马上接着一句:“请坐,稍等一会儿!"他终于看清了我的脸,于是说道:"原来是你!"以及:"刚才我没认出你来! 你穿便服时简直就是软绵绵的。"——但这不是我认识了数年的施特尔马赫的响亮而低沉的声音,他的玩笑话也是不自然的。在此之前,施特尔马赫的口中从未冒出过一句轻率的话。或许轻率话语在此之前就陷入染黑的胡子所构成的耀眼又茂密的灌木丛里了,只为了在那儿无声地走向毁灭。

我很快地陈述了我的要求。我也尝试着解释,我为什么想去第35步兵团。"只要你还找得到它!"施特尔马赫说道,"坏消息! 两个军团几乎被全歼了,可怕的撤退。我们的白痴上级已经把我们制成了标本。好吧! 去吧,你看,你已经找到它了,你的第35步兵团! 给自己买两颗军衔星章。你将调任为少尉。再见! 你可以离开了!"他从写字台上方递给我他的手。他那双几乎没有眼皮的浅色眼睛盯着我,无法相信,这双眼睛在征服着瞌睡和疲倦,这双眼睛遥远而陌生,从玻璃般明澈的远方盯着我,眼睛里绝对没有悲伤,不,是比悲伤更甚的悲伤——绝望。他试图微笑。他硕大的假牙在撒拉森人样式的小胡子的映衬下发着光,显得更白了。"给我寄张明信片吧!"他说,接着又重新把脑袋埋进文件堆里去了。

十七

牧师每天的工作与面包师、兵器制造者、铁路局、帽子制造者和制服裁缝的工作一样快捷。我们在德布林教堂结婚，当年为我的新娘洗礼的那个人还活着，我的岳父就像大部分军队供应商一样多愁善感。我的礼物其实是母亲给的。我压根儿忘了必须准备新娘的礼物。当我回家吃饭时，我早就忘记了今天有李子馅甜饺，而母亲已经坐在饭桌旁了。与往常一样，我亲吻她的手，她亲吻我的额头。我拜托用人去图赫劳本大街的乌尔班商店给我买深绿色的翻领和少尉的星芒徽章。“你要调任了吗？”我的母亲问道。“是的，妈妈，我要去第35步兵团！”——“在哪儿？”——“在东加利西亚。”——“你明天动身？”——“后天！”——“明天举行婚礼？”——“是的，妈妈！”

我们家就餐时的习惯是：即使菜肴很糟糕，也要赞扬它的味道，除了溢美之词外，不能谈论其他；而且绝对不能使用老一套的说辞，宁可冒进一些，甚至大大地牵强附会也行。比如我要说，这条鱼令我想起六年前或者八年前的一个星期二，那天也吃过同样味道的鱼；今大的时萝和过去吃过的一样,简直就像和腿肉一道烹饪出的味道。对于李子馅甜饺,我则不作点评:“等我回来后,请立刻给我做一份一模一样的!”我对雅克斯说。“遵命,少爷!”这位老人说道。我的母亲站起身,她的座位前还放着一杯咖啡,这可是一个不同寻常的动作。她从她的小房间里拿出两个暗红色的摩洛哥皮革盒子,我过去经常见到这两个盒子,虽然对此感到惊叹,但是从不敢向母亲询问里面装的是什么。我虽然一直好奇,但同时也对我身边有这两个难以接近的秘密感到由衷的快乐。这两个秘密现在终于要被揭开了。其中一个较小的盒子里放着我父亲的一幅镶金丝边的珐琅肖像。他那把大胡子,他那闪烁着接近于狂热的光芒的黑眼睛,仔细折叠的多层厚实的领结缠绕在高高立起的硬领上,这一切都让我对他感到陌生。在我出生之前,或许他就是这个样子。对我的母亲而言,他还活着,还是她熟悉的那个爱人。我金发碧眼,眼睛里总是流露出犹疑、悲伤和洞悉一切的神色,从来没有闪烁过坚定和狂热的光芒。但是我的母亲说:“你和他长得一模一样,你拿上这张肖像!”我向母亲道谢,答应保管它。我的母亲是一个头脑清醒的聪明女人。我现在明白了,她从未真切地看见过我。她肯定是爱我的。她爱的是她丈夫的儿子,而不是她的孩子。她是一位妻子。我是她心爱之人的继承者;成为他的后代是命运的安排,成为她的孩子只是一个偶然。

她打开第二只盒子。雪白的天鹅绒上躺着一块磨成六角形的硕大的紫水晶，水晶上面联结着一条编织精巧的金项链，与纤细的项链比起来，这块坠石显得沉重到近乎暴力。这块紫水晶不像是被悬挂在项链上的，反而仿佛是它占有了项链，把这个顺从的柔弱女奴拖进了它的社交圈。“给你的新娘！”我的母亲说，“今天带给她吧！”我亲吻了母亲的手，把这个盒子藏在了衣袋里。

这时，用人前来报告，我的岳父和伊丽莎白到访。“把他们请到客厅！”我的母亲命令道，“给我镜子！”雅克斯给她拿来带手柄的椭圆形镜子。她端详着镜子里自己的脸，一动不动地看了好一会儿。是的，她那个年代的女性还不需要用胭脂、香粉、梳子或者赤裸的手指来整理衣服、面容和头发。母亲仿佛只是命令自己用目光来检查镜子里的形象，检查自己的头发、脸庞和衣服是否优雅并且一丝不苟。她连手都没动一下，亲近感和熟悉感却突然消失了，我感到自己几乎是在一个陌生的年长女士家做客。“来！”她说，“给我手杖！”——这根顶上装饰着一个银质球形把手的乌檀木细手杖倚靠在椅子旁。她需要它，但并不是用它来支撑身体，而是需要它来象征自己的尊严。

我的岳父穿着一件拉链外套，与其说他戴着一双手套，还不如说他武装着一双手套。伊丽莎白穿着一条银灰色的高领连衣裙,胸前悬挂着一个钻石十字架,十字架比寻常的大,就像她左臂上的暗银色搭扣一般苍白。母亲和我进屋时,他们俩笔直地、几乎是僵直地站在那儿。我的岳父向我们鞠躬表示问候,伊丽莎白行了一个半屈膝礼。我礼节性地亲吻了他们。这场战争免除了我所有多余的礼节。“请原谅我们突然来访!”岳父说。“你们的到访令人愉快!”我的母亲修正道。与此同时,她的眼睛注视着伊丽莎白。我的岳父开玩笑说,我几周后就会回来。我的母亲坐在一把狭窄的硬质洛可可椅子上,身体笔直,就像披着一身盔甲。“人们有时候会知道何时离开,”她说,“但是从来不知道何时返回。”与此同时,她的眼睛注视着伊丽莎白。她让仆人把咖啡、利口酒和白兰地送进客厅。她片刻也没有露出微笑。有一瞬,她的目光落在我的衬衣口袋上,那儿藏着紫水晶。我明白了。我没有说话,直接把项链系在伊丽莎白的脖子上。坠石悬挂在十字架之上。伊丽莎白微笑着,走到镜子前,我的母亲朝着她点点头。伊丽莎白摘下十字架。在银灰色连衣裙的映衬下,晶石闪烁着耀眼的紫色光芒,令人联想到冻土上凝固的血。我转过身去。

我们起身。母亲拥抱了伊丽莎白,却没有亲吻她。“你和他们去吧!”她命令我。“今天傍晚回家!”她又补充道。

“我想知道举行婚礼的时间。今天晚餐有丁鲷。”她挥手，就像女王挥动着扇子。紧接着她就消失不见了。

我的岳父开着车（他给我讲过这辆车的品牌，但是我没记住），我在乘车时获悉，德布林教堂里一切都已经准备好了。婚礼时间可能是明天上午十点，但还没确定。我们的证婚人是蔡林斯基和海德格。仪式简单。“朴素的军队式婚礼。”我的岳父说。

傍晚时分，当我们慢悠悠地、小心翼翼地品尝着丁鲷时，母亲开始在吃饭时谈论起所谓严肃话题，自从她成为我们这栋房子的女主人以来，这可是首次。我刚刚张口开始表扬这道丁鲷，她便打断了我。“也许这是我们最后一次坐在一起了！”她说道，并没有多余的话。“你今天要出门去告别，是吗？”——“是的，妈妈！”——“明天见，再见！”她走了，没有回头。

毫无疑问，我要出门去道别。换句话说，我要四处乱走，以此种方式与维也纳告别。我走了好些地方，却只遇到一位熟人。街道上的行人不时爆发出令人费解的呼喊声。我需要一点时间来理解这些声音的意义，然而在我听懂之前，这些呼喊声就已经消失了。有时响起《拉德茨基进行曲》《最高条顿骑士进行曲》以及《拯救你，我的奥地利！》。演奏者是小贤酒馆里的吉卜赛乐队和酒馆乐队。人们喝着啤酒。我走进酒馆时,几名士官站起身、平民也举起啤酒杯向我致意。在我看来,我是这座大城市里唯一一个清醒者,也因此显得格外陌生。是的,这座熟悉的城市每时每刻都在躲避我、离开我,街道上、小巷里和花园中人满为患、喧嚣不已,但是在我看来已经如同死一般沉寂,就像日后我在战后回到这里时所看见的一样。我四处乱走,直至黎明,然后我在老布里斯托尔酒店要了一个房间,在躺下后,我既焦虑又激动,不间断地与脑海中的各种想法、计划和回忆进行搏斗;几小时后,我走进国防部,得到了一个期待中的答复,然后我乘车前往位于兰德大街主街道上的第21步兵营,和营长保利少校道别,并得到一份“通行令”。这份“通行令”命令我——特罗塔少尉开拔至第35步兵团;之后我赶往德布林教堂,在那儿获悉,我的婚礼时间确定下来了,将于十点半举行;然后我回到妈妈那儿,向她通告此事,之后又赶往伊丽莎白家。

我们找了个借口,声称伊丽莎白要陪我前往军营。我的母亲与往常一样,在我的额头上亲吻了一下,尽管她是个慢性子,却漠然无情地快速钻进了马车。这是一辆封闭的马车。在它开始行走之前,我发现,母亲匆忙拉下了马车窗口上的卷帘。我明白了,她在车厢的黑暗中开始哭泣。我的岳父欢快、随意地亲吻了我们俩。他在嗓子里存储了数百条多余无用的俗语，它们轻浮地从嗓子眼里涌出，又像气味一样很快便消失了。我们有些毫无顾忌地离开了他。“我让你们俩单独相处！”他在我们身后叫道。

伊丽莎白并不是陪我朝东边走。我们其实是前往巴登。那儿离我们这儿有十六个小时的路程，令人厌倦、短暂易逝而又漫长完整的十六个小时。

十八

十六个小时！我爱上伊丽莎白已经三年多了，但是与这十六个小时相比，过去这三年反而让我感到短暂，尽管这与事实恰恰相反。禁忌之物如昙花一现，合法之事立即具备耐久性。此外，我忽然觉得伊丽莎白虽然还没有变化，但是已经走在通往某种改变的路途之上。我想起了岳父，发现他与她之间有若干相似之处。她的某些手部动作显而易见是从她父亲那儿继承而来的，是父亲的动作辽远而精粹的回声。在前往巴登的电动火车上，她的一些动作让我感到几乎受到了侮辱。比方说，火车驶离站台不足十分钟，她便从小箱子里取出一本书。这本书放在梳妆盒旁边，衣物的上方——我想那是新娘礼服。单单这个事实本身——一本无关紧要的书放在一件近乎神圣的衣服上面——就让我觉得有失身份。此外,那是一位北德幽默作家的一本随笔集,这些北德作家在那时和我们一样具有尼伯龙根式的无限忠诚,在德意志学校协会①的推动下,和来自波美拉尼亚、但泽、梅克伦堡和哥尼斯堡的大学讲师们,在维也纳引导传播他们那糟糕的笑话,于是,一种辛劳之后的愉快享受开始在维也纳蔓延开来。伊丽莎白不时从书上抬起头来看看我,或朝窗外看一会儿,压抑住一个哈欠,然后继续埋头看书。她还有跷二郎腿的习惯,在我看来这个举动完全不成体统。我问她是否喜欢这本书。"挺幽默的!"她不假思索地断言。她把这本书递给我,让我自己体验。我开始阅读书中的一个愚蠢故事,这个故事讲的是强力王奥古斯特②的俏皮式幽默以及他与一个鲁莽的宫廷贵妇之间的关系。于我而言,两个出现在北德人休息日中的极其独特的形容词就足以表达出普鲁士人和萨克森人的性格特征了,我立刻便觉得够了。我说:"是的,俏皮、鲁莽!"伊丽莎白微笑了,继续埋头阅读。我们前往"金狮"宾馆。我们的老用人在等候我们,他是唯一一个知道我们此次巴登之行计划的人。他立刻向

---

① 德意志学校协会:1918 年之前,奥地利国内德国人为推动少数民族地区的德国人学校发展而设立的组织。

② 强力王奥古斯特(August des Starken):出生于 1670 年 5 月 12 日,卒于 1733 年 2 月 1 日,神圣罗马帝国的萨克森选帝侯,后当选为波兰国王。

我承认，他已经向我的母亲透露了我们的计划。他站在电车的终点站那儿，手中拿着那个可能是继承自我父亲的硬质半圆柱形大礼帽，他递给我的妻子一束榴红色的玫瑰花。他低垂着头，阳光在他光秃秃的头顶上洒下银白色小星星状颗粒。伊丽莎白没有说话。“她就算说一句话也好啊！”我想着。她还是没有说话。沉默漫长得无边无际。我们的两只小箱子放在人行道上。伊丽莎白把玫瑰花连同她的手提包一起紧紧搂在怀里。老用人问，他还能为我们做什么。他转告了来自我母亲的衷心问候。我的箱子、我的第二套制服、我的换洗衣物都已经放在宾馆里了。“谢谢你！”我说。我发现，伊丽莎白往旁边退缩了一下。她的回避，也就是她的后退触怒了我。我对老用人说：“陪我们去宾馆吧！我还有话要对你说！”——“遵命！”他说，然后便提起两只小箱子，走在我们后面。

“我还想和老用人说点话！”我对伊丽莎白说，“我半小时后就回来。”

我和雅克斯走进咖啡馆。半圆柱形大礼帽放在他的膝盖上，我轻轻拿走它并把它放到旁边的椅子上。从老人淡蓝色的眼睛里流露出对我的温情，雅克斯的眼睛有些湿漉漉的，就像从远方看着我，让我感到，母亲似乎在通过他的眼睛向我传达一条她最终的信息。当他举起咖啡杯时，他患痛风病的双手(我许久没有见过这双赤裸的双手了,一直看见他的双手戴着白手套)颤抖着。这是一双优秀的老用人的手。为什么我以前从未留意过呢?弯曲的手指关节上长着些蓝色小疙瘩,指甲扁平、无光泽、多处裂开,关节骨头歪向一边,看上去在勉强忍受着老式袖口的硬边,数不清的淡蓝色小血管像小河流一样,在手背龟裂的皮肤下费力地开辟出一条条道路。

我们坐在阿斯托里亚咖啡馆的花园里。一片干枯的金色栗树叶缓慢地旋转着掉到雅克斯的光脑袋上。他没有觉察,他的皮肤已经老化得不那么敏感了,我让那片叶子停留在他的头顶上。“你多大年纪了?”我问。“78 岁了,少爷!”他回答,我看见他浓密的雪白胡子下露出唯一一颗大黄板牙。“原本应当是我去打仗,不应该是年轻的先生们!”他继续说道,“我打仗时 66 岁,我在第 15 团,和普鲁士打。”——“你是在哪儿出生的?”我问。“在齐波尔耶,”雅克斯回答。“你认识特罗塔一家吗?”——“当然,认识所有人,所有人!”——“你还会说斯洛文尼亚语吗?”——“已经忘掉了,少爷!”

“我半小时后就回来!”我对伊丽莎白如此承诺过。我犹豫着看了一下表,好像已经过去一个多小时了,但是雅克斯那双老年人的浅色眼睛里存储着他以及我母亲的伤心,我不想留下遗憾。于我而言,我现在似乎在用一个钟头的时间来弥补生命中度过的那二十三年放荡而无情的岁月,而不是像其他新婚者一样开始所谓的新生活。更确切地说,我在努力纠正过去虚度的时光,最好从出生时再次开始。我内心明白,我已经错过了最重要的东西。太迟啦!我站在死亡与爱情面前。我承认,有片刻我甚至想到了一个卑鄙可耻的小花招:我可以打发人向伊丽莎白传递一个消息,我必须立刻出发去前线,直截了当这样做。我也可以亲口向她说明,拥抱她,乔装无望与绝望。脑海中的混乱只持续了一瞬。我离开了阿斯托里亚咖啡馆。雅克斯忠诚地跟在我身后,离我半步之遥。

走近宾馆大门时,我正想转身与雅克斯进行最后的告别,此时,我听见他的喉咙因为呼吸困难而发出呼噜声。我把身体转过一半,伸开双臂,老人倒在我的肩头。他的半圆柱形大礼帽在地砖上咕噜咕噜地打转。门卫走过来。雅克斯昏倒了。我们把他搬进大厅。我呼叫了医生,然后上楼去告知伊丽莎白。

她一直坐在那儿阅读那本幽默作品,啜饮着茶,把一小片涂着果酱的烤面包片塞进她可爱红润的口中。她把书放到桌上,伸展双臂。“雅克斯,”我开始说,“雅克斯……”然后就顿住了。我不想说出这个非常重要的词。伊丽莎白的唇边闪烁着贪婪而又冷漠、充满着信心的微笑，我此刻想到，单单一个令人毛骨悚然的词就能吓着她了吧——因此我说："他要死了！"她放下伸展开的手臂，只回答了一句话："他上年纪了！"

有人来叫我，说大夫到了。老人已经躺在他房间的床上了。他的那件上过浆的衬衣已经被脱了下来，悬挂在他的黑色礼服大衣上，就像一件上过光的亚麻布铠甲。打过蜡的靴子像哨兵一样立在床旁，打着好几个补丁的羊毛短袜软绵绵地躺在靴子旁。一个简朴的人身边就只有这些东西：床头柜上的几枚黄铜纽扣、一条衣领、一条领带、靴子、短袜、小礼服、裤子和衬衫。从下层的被子边缘露出来一双脚趾弯曲的苍老的脚。"是中风！"大夫说。他刚刚被征召入伍，穿着军服，是个中尉衔军医。明天他就应当去"最高条顿骑士"步兵团了。在死者身畔，我们俩这种合乎规定的军事表现看起来就像维也纳新城里上演的一场戏剧演出。我们对此感到羞愧。

"他去世了吗？"我问。"他是你的父亲吗？"大夫问。"我们的仆人！"我说。我更愿意把他说成是我的父亲，大夫似乎也已经觉察到了。"他可能要死了，"他说道。"或许今天夜里？"他询问式地抬了抬手。

傍晚匆匆降临，得开灯了。大夫给雅克斯打了一剂强心针,然后写药方,按响呼叫铃,叫人去药房买药。我悄悄走出房间。我就像告密者一样蹑手蹑脚,我联想着。我担心会吵醒其他人,所以继续蹑手蹑脚地爬上楼梯,去往伊丽莎白的房间。伊丽莎白房间的门关着。我的房间在旁边。我敲门。我尝试打开她的房门。她把套间的门也上了锁。我考虑是否要使用武力。但是就在这一瞬间我也已经明白了,我们彼此并不相爱。我面临两次死亡:第一次是我的爱情。在套间的门槛上我埋葬了我的爱情。然后我走下一层楼,去见证雅克斯的死亡。

这位好大夫还在那儿。他解下军刀,解开衬衣纽扣。房间里弥漫着醋、乙醚和樟脑的味道,从敞开的窗户中涌进秋日黄昏湿润而凋零的香气。中尉衔军医说"我待在这儿",并和我握手。我给母亲拍了一份电报,告诉她,我必须留下我们的仆人,直至我动身去军队。我们吃了火腿、奶酪和苹果。我们喝了两瓶努斯多尔夫牌子的啤酒。

老用人躺在那儿,面无血色,他的呼吸声就像一把锈锯子锯木头的声音,在房间里回荡。他不时抬起上身,弯曲的双手拽着双线连锁缝合的暗红色被子。大夫弄湿一块手巾,喷上醋,放到濒死者的头上。我先后两次上楼去伊丽莎白的房间。第一次房间里没有声音。第二次我听到她在里面大声地啜泣。我更加用劲地敲门。"让我静一静!"她叫道。她的声音像一把刀从紧闭的房门渗透出来。

大约凌晨三点时,我坐在雅克斯的床边,大夫趴在写字台上睡着了。他没穿外衣,头枕着衬衣袖子。这时雅克斯抬起头,伸开双手,张开眼睛,模糊不清地说着什么。大夫立刻醒了,走到床边。我现在听清了雅克斯那清晰的老年人的声音:“少爷,请转告夫人,我明天一早回去。”他的头又一次跌落到枕头上。他的呼吸声缓和下来了。他眼神呆滞,目光涣散,眼睛就好像不再需要眼皮似的。“他现在要死了。”大夫说。在这一刻,我决定,再一次上楼去找伊丽莎白。

我等待着。似乎死亡只是在极其小心地接近这位老人、父辈、真正的天使。将近凌晨四点时,一片枯黄的栗树叶被风从敞开的窗户吹了进来。我拾起它,把它放到盖着雅克斯身体的被子上。大夫搂住我的肩膀,然后俯身看着老人,仔细倾听声音,然后拿起他的手,说道:“他死了!”我跪下,在胸前画十字,这是许多许多年之后的第一次。

还不到两分钟,有人敲门。夜间门卫给我送来一封信。“夫人给您的信!”他说。信封只封上了一半,仿佛它自己就能打开似的。纸条上只有一行字:“再见!我回家了。伊丽莎白。”我把纸条递给这位陌生的大夫。他阅读之后,看着我说:“我理解!”过了一会儿,他继续说:“我已经安排好一切:宾馆、葬礼和妈妈。我暂时留在维也纳。你今天去哪儿?”——“去东边边境!”——“再见!”

我再也没有见过这位大夫。我从来也没有忘记他。他姓格林胡特。

十九

我作为“失群落伍者”奔赴前线。由于愤懑、受伤的虚荣心、复仇欲望,也许还有恶意——我怎么知道呢——我早就把妻子的信揉成一团,塞进了裤袋。现在我又把它拿出来,抚平这个纸团,再次浏览这行字。我清楚,我对不起伊丽莎白。过了一会儿,我感到,我真是非常对不住她。我决定给她写一封信。我开始从箱子里拿纸,但是当我取出它时——那时人们还把皮制书信夹带到前线去——从空白的蓝色信纸上似乎涌出了我的愤懑。就好像那空白的信纸上已经写满了我必须对伊丽莎白说的话,就好像我必须这样把它寄出,就这样直截了当、简单粗暴。我于是只写上了我的名字。我在下一个火车站寄出了这封邮件。我再次把伊丽莎白的纸条揉成一团,把这个纸团再次塞进了我的裤袋。

由国防部签发、施特尔马赫签署的“通行令”命令我赶赴第35步兵团，也就是说，我应该直接前往步兵团，而不是去譬如地区临时司令部，这个司令部由于地处战争的危险区域已经迁移至帝国内部。因此，我发现自己面临一个相当困难的任务，我所属的步兵团一定在不断地撤退，不知撤到了哪一处村庄、哪一片森林、哪一座小城，简而言之，我要在某个“位置”找到它，也就是说，一个到处瞎跑的我要与一支到处瞎跑、四处逃亡的部队会合。我们当然从未在军事演习中学习过这类事情。

我首先不得不担心该如何会合，这于我而言是件好事。我完全逃避到这个担忧之中。我无须再思念我的母亲、我的妻子以及我们去世的仆人。我乘坐的火车差不多每半个小时就在某个无关紧要的小站停靠一下。我们，一位中尉和我，挤在同一节可以说是像火柴盒一样狭小的车厢里，大约在十八个小时之后，到达了卡米奥恩卡①。从这儿开始，正规的铁轨已经遭到毁坏。只有一辆挂着三节无顶小货运车厢的窄轨临时火车去往下一个前线司令部的哨所。虽然哨所没有义务，却有可能向“失群落伍者”指出每个军团眼下的位置。小火车缓缓向前行驶，火车司机不间断地拉响鸣笛，因为在狭窄的道路上，一群群步行或者乘坐着农用车

① 卡米奥恩卡：地名，现位于波兰。

的伤员向我们迎面而来。那时，我第一次感到，我对所谓的震惊相当麻木不仁。比方说，我觉得，那些也许是因为腿部或脚部被枪弹击中而躺在担架上的伤员没有那些独自蹒跚行走的伤兵可怕，这些人只受了枪弹的轻微擦伤因而并未躺在担架上，他们的鲜血透过雪白的绷带不断渗透出来。窄轨两边，宽敞的、已经了无生气的秋日草地上，到处都有夜蟋蟀在唧唧地叫。一个温暖的九月傍晚非常具有迷惑性。它诱惑它们，令它们相信现在还是夏日，或者令它们认为一个新的夏季已经来临。

我在前线司令部的哨所偶然遇到了第35步兵团的随军神父先生。这位上帝的仆人肥胖而又自鸣得意，穿着一件紧巴巴的上了光的神父长袍，身体被挤得鼓鼓囊囊。他，连同他的仆人、他的马车夫、他的马匹以及顶篷夸张的辎重马车，在军团撤退时走散了，他的马车里藏着祭坛和弥撒用具，还有大量家禽肉、烈性酒酒瓶、喂马的草料和被征用的农民财物。他如同见到一位长久未见的朋友般问候我。他似乎在担心还会再次迷路，他也还不能下定决心，是否向前线司令部的哨所捐献出他的家禽肉，这儿的人在十天以来已经仅仅倚靠罐头食品和土豆为生了。这儿的人并不特别喜欢这位随军神父。但是他拒绝随随便便朝某个方向瞎走或者仅仅知道大致方向就出发；而我因为挂念着堂兄约瑟夫·布兰科和马车夫马内斯·赖西格,我不愿意等待,更愿有个大致方向就出发。我们打听到的模糊信息是,第35步兵团据说驻扎在别列扎内①以北三公里处。我和随军神父就这样出发了,还有他的马车和他的家禽肉,没有地图,只带着一张手绘草图。

我们终于找到了第35步兵团,然而并不是在别列扎内以北的地方,而是在施特鲁米尔希村。我去上校那儿报到。我升职为少尉的命令已经抵达步兵团副官处了。我请求见见我的朋友们。他们来了。我请求把他们俩分配到我所在的排。他们来了!我在财务士官策诺维尔的办公室里等待他们,但是并没有告诉他们,让他们过来的人是我。他们最初根本没有认出我来。但是转瞬间马内斯·赖西格已经搂住了我的脖子,完全没有顾忌到军方的繁文缛节;我的堂兄约瑟夫·布兰科此刻还是站在那儿,笔挺地呆立着,出于惊讶,出于军纪。他真是个斯洛文尼亚人。马内斯·赖西格却是个来自东部的犹太马车夫,无忧无虑,并不是一名遵守服役守则的信徒。他的胡须纯粹就是一团团野蛮、粗硬、杂乱的毛球,这个男人看上去不是穿着制服,而是乔装打扮成了一名军人。我捻起一个胡须毛球亲吻,开始拥抱他以及

① 别列扎内:现乌克兰捷尔诺波尔州的一座城市。

约瑟夫·布兰科。我自己也忘却了军队。我还记得战争，我也许连续呼喊了不下十次："你们活着，你们活着！……"约瑟夫·布兰科立刻就注意到了我的婚戒，一言不发地指着我的手指。"是的，"我说，"我结婚了。"我感觉到，我看到，他们想更多地了解我结婚的事以及我的妻子。我和他们一起走出去，围着施特鲁米尔希的教堂绕小圆圈。但是我一点都没有提到伊丽莎白，直至我突然意识到，我曾经在皮夹里藏了一张她的照片，我居然把这件事也忘了！最方便的事是向我的朋友们展示这张照片，这样可以避免说话。我拿出皮夹寻找，但是照片并不在里面。我开始回想我可能把它丢失或者遗忘在哪儿了，我突然想起来了，我把这张照片留在妈妈那儿了。一种不可理喻的，甚至是失控的惊恐向我袭来，就仿佛我把伊丽莎白的这张照片撕碎了或者焚毁了似的。"我找不到这张照片了。"我对这两位朋友说。我的堂兄约瑟夫·布兰科没有回答，而是从口袋里拿出他妻子的照片递给我。这是一个外表漂亮的女士，装扮华丽，她身着斯洛文尼亚的农妇服饰，梳出头路的光滑头发上戴着一个由硬币铸成的冠状头饰，脖子上缠绕了三圈用同样的硬币串成的项链。她赤裸着粗壮的手臂，双手叉腰。"这是我孩子的母亲，我有个儿子！"约瑟夫·布兰科说。"你结婚了？"马车大马内斯问。"等战争结束，我会和她结婚，我们的儿子叫布兰科，和我的名字一样，他十岁了。他住在祖父那儿。他雕刻的箭棒极了。”

二十

接下来几天，漫长，酝酿着危险，既阴森黑暗又难以捉摸，既庄严又陌生，我们没有等到预测中的会战，而是等来了撤退。我们还不到两天就离开了施特鲁米尔希，前往耶齐奥里村，三天后，又前往小城波格罗迪。俄国人的军队在跟踪我们。我们一直撤退到克拉斯内-布斯克。也许是因为命令没能及时传达的缘故，我们在那儿停留的时间比第二集团军预料的要长。俄国人在一个清晨袭击了我们。我们没有时间修筑防御工事。这就是历史上的克拉斯内-布斯克会战，在这场战役中我们兵团被歼灭了三分之一的兵力，一半官兵成为了俘虏。

我们三人——约瑟夫·布兰科、马内斯·赖西格和我——都成了战俘。我们经历的第一场会战就这样默默结束了。

此时此刻，我感到多么需要报道一下引起一位战俘思考的特殊感受啊！但是我清楚，这样的一篇报道在如今会遭遇怎样巨大的漠视。我愿意接受成为失踪者的这个命运，而不是成为失踪者的讲述者。如果我现在着手谈谈自由，谈谈荣誉，而不是去谈被俘虏的事，也许几乎不会获得别人的理解。现如今，保持缄默更好。我写作，只是为了让自己更明白；同时也以所谓上帝的名义。他会原谅我的罪孽！

是的，我们整个排都成为了战俘。约瑟夫·布兰科、马内斯·赖西格和我在一起。我们一起被囚禁。“对我们来说，战争结束了。”马内斯·赖西格说。“我还从来没有当过俘虏，”他不时补充道，“像你们俩一样。但是我知道，等待着我们的是生活，而不是死亡。等我们回家时，你们俩会想起来的。我多么想知道，我的埃夫拉伊姆在做什么。这场战争持续的时间将会很长。我的儿子也将会参军。你们记住这一点！来自茨罗托格洛德的马内斯·赖西格，一个平凡的马车夫，给你们讲过这件事！”——此后，他咋舌作声，像鞭子一样发出短促刺耳的响声。接下来几周他一言不发。

据说我们在十月二日的傍晚要分开了。按照当时的规矩，人们会理所当然地故意把被俘的军官与士兵分开。我们据说会留在俄国内部，而士兵会继续被遣送。人们提到西伯利亚。我报名要求前往西伯利亚。时至今日我仍然不清楚，我也不想知道，马内斯·赖西格在当时采用了什么方法，成功地把我带往西伯利亚。在我看来，在采取不正当手段和贿赂行为获得某种不利处境的时候，还从未有谁会像我一样开心，但是马内斯·赖西格成功做到了。从战俘营诞生伊始，他就接过了对我们所有人以及我们排的指挥权。即使以君权神授为前提，某人是一名马车夫，他从马儿那儿学习到的也并非一切。至于一个来自茨罗托格洛德的犹太人……

我不想讲述在我们前往西伯利亚的路途中所走过的弯道和直路。长途跋涉以及绕道是显而易见的。六个月后我们抵达维亚特卡。

二十一

维亚特卡在遥远的西伯利亚，位于勒拿河畔。我们花了半年时间长途跋涉。在这遥远的路途中，我们忘掉了日子，一天紧接着另一天，无穷无尽，数也数不清。谁会用六股细绳上的珊瑚珠来计数呢？我们的跋涉大概用了六个月。我们的战俘生活从九月份开始，在第二年的三月份到达。维也纳奥花园①里的金链花或许已经开放了。接骨木在不久之后也开始散发香味。这儿的河面上却漂浮着巨大的浮冰，即使在河面的最宽处，人们不打湿脚也可以走到河对面。我们排有三个人在迁移时死于伤寒。十四个人尝试逃跑，押送战俘的卫队里有六个人和他们一起开了小差。指挥我们最后一段迁移路程的是年轻的哥萨克少尉，他命令我们在奇赖因候命：他得追捕逃亡者以及逃兵。他名叫安德烈·马克西莫维奇·克拉辛。当他的巡逻队在这个地区搜寻失踪者时，他和我一起打牌。我们之间说法语。他从南瓜形状的军用水壶里喝扎莫贡卡烧酒，这是这片地区人数少得可怜的俄罗斯定居者送给他的。他为人亲切，对于每一个我给予他的友好眼神均表示感谢。我喜欢他大笑的样子：在乌黑的短胡须后露出坚固的漂亮牙齿，眼睛眯得只剩下一条缝。他简直可以说是精通“笑”这件事。比如也许会有人对他说：“请笑一下！”他转瞬间就能大笑起来，笑声响亮、豪爽、宽厚。有一天，巡逻队找到了逃兵，正确地说是找到了部分逃兵——二十人中的八个。另外的逃兵无疑迷路了，或者藏身在某处，或者已经在某地死去了。安德烈·马克西莫维奇·克拉辛和我在火车站的简易旅馆里玩杜洛

① 奥花园：位于奥地利维也纳的一个古老的巴洛克公园。

克纸牌。他让卫队和战俘守在我们附近，并给他们点了茶水和白酒，他认为我会无条件地服从他的指令，于是命令我，由我向我们排里的逃兵和两位被抓获的俄罗斯逃兵宣布惩罚措施。我对他说，我不了解他所在军队的军规。他起先请求我，然后威胁我，最后我说："因为我不了解，根据贵国的法律应该判处他们何种惩罚，所以我宣布，所有人都免于受罚。"他把他的手枪拍到桌上，呵斥道："您参与了这项阴谋。我逮捕您，我命令士兵押走您，少尉先生！"——"我们难道不把这一局给打完吗？"我问他，并拿起我的牌。"当然要打完。"他说。于是我们俩继续打牌，此时，士兵们——卫兵和奥地利人，围着我们站着。他输了。要想让他赢，对我来说其实挺容易的，但是我当然担心他会发现。他这个人很单纯，对他而言，猜疑引发的快感胜于大笑带来的快感，他的内心始终准备着随时发生疑窦。所以，我令他输了这场牌局。他皱起眉头，恼怒地盯着那个指挥卫队的下士，好像下一刻就要下命令枪毙那八个人似的。我对他说："您笑一笑吧！"他笑出声来，笑声豪爽又宽厚，露出一口漂亮的牙齿。我想，我救下了这八个人。

他大概大笑了两分钟，突然又变得严肃起来，就像他平日那般样子，他命令下士："把这八个人都给绑上！带他们离开！我以后再下命令！"此后，在这些人离开车站旅馆后，他开始重新洗牌。“赢回来!”他说。我们于是开始新的牌局。他又输了一次。他现在才把手枪放回口袋,起身说道:“我马上回来!”然后他就离开了。我一直坐在那儿,有人点上了两盏煤油灯,也就是所谓的“球形灯”。来自卡尔瓦西的老板娘摇摇晃晃地走过来,手里端着一杯新茶。茶杯里飘着一片不新鲜的柠檬切片。老板娘像一艘船一样宽大,但是她笑起来宛若一个好孩子,既令人觉得亲近又让人感到她如慈母一般。我正准备从杯子里拿掉这片不新鲜的、丑陋的柠檬切片,她已经仁慈地伸出两根胖乎乎的手指,把柠檬片从杯子里取了出来。我用眼神向她表示了感谢。

我慢悠悠地喝着这杯热茶。安德烈·马克西莫维奇少尉没有回来。天色越来越暗,我得回到战俘营的兄弟们那儿去了。我走到阳台上,在阳台门前叫了几声他的名字。他终于回答我了。那是个寒冷的夜晚,寒冷得令我浮想联翩:即使是一声突如其来、好不容易发出的呼唤可能也会被冻住,无法抵达被呼叫者之处。我仰望天空。银白色的星星似乎不是天生如此,而是宛若亮闪闪的钉子,被敲入穹窿之中。猛烈的东风——西伯利亚的风中暴君,妨碍了我喉咙的呼吸、心脏的跳动以及眼睛的视力。然而,狂风给我送来了上尉的回应,让我觉得,就像一个人在长时间的等待之后终于听到了令人欣慰的消息,尽管我在这仇视人类的夜晚也不过在室外等待了不足几分钟的时间。但是这条人类的信息带来的安慰也并不多。

我走进屋子,只有一盏灯还在燃烧。它不但没有照亮这个房间,反而使其更为昏暗了,仿佛是圆形的巨大昏暗中小小的明亮中心。我坐到这盏灯旁。突然,几声枪响让我大吃一惊。我跑出去。枪声还未完全消失,似乎还在寒冷的巨大穹顶下惯性滑行着。我倾听。除了寒风依旧呼啸,别无其他动静。我忍受不下去了,转身回屋。

少尉在片刻之后回来了。他脸色苍白,尽管外面刮着狂风,他的帽子却拿在手里,手枪从半敞开的枪套中凸显出来。

他立刻坐下,呼吸声沉重,他解开衬衣领子的纽扣,盯着我看。他目光呆滞,就好像不认识我似的,就好像把我遗忘了,就好像在紧张地努力地验明我的身份。他用袖子从桌上抹掉纸牌。他对着酒瓶喝了一大口,垂下头,突然快速说道:“我只打中了一个。”——“您没瞄准。”我说。但是我理解错了。

“我没瞄准。我命令他们站成一排。我只是想吓唬他们一下。我向空中射击。最后一击时似乎有人把我的手臂往下压了一下。一切发生得很快,枪走火了,我不知道是怎么发生的。一个人倒下去了。这些人不再听我的命令了。”

在这个夜里埋葬了那个男人。少尉命令士兵发射了一记礼炮。从这一刻开始他不再哈哈大笑了。他思考着什么事,这件事似乎一直在令他困惑。

我们在他的指挥下,又走了大约十俄里[①]。在新指挥官接手我们的两天前,他命令我登上他的雪橇,对我说:“这架雪橇归您和您的两位朋友了。那个犹太人是马车夫。他应该精通驾驶。这是我的地图。我把您下雪橇的地点用叉号标注出来了。您得等在那儿。我的朋友会来。他值得信赖。没有人会去寻找你们。我会把你们三人都上报为叛逃者。我处决并埋葬了你们。”他和我握手,然后走下雪橇。

我们在这个夜晚乘着雪橇出发了。路程持续了几个小时。那个男人在等我们。我们立刻感觉,我们可以在他那儿藏身。我们开始了新生活。

二十二

我们的主人属于世代居住于此地的西伯利亚波兰人。他是一个皮毛商人。他独居,带着一条品种不明的狗,还拥

① 一俄里大约等于一公里。

有两把猎枪，两间宽敞的房间里满满当当地贮存着蹩脚的毛皮以及一些自己雕刻的烟斗。他姓巴拉诺维奇，扬是他的名字。他十分沉默寡言。一把黑色的络腮胡须拘束住了他，让他保持沉默。他让我们做各种各样的工作：修篱笆、劈木头、给雪橇滑板涂油、物色兽皮。我们在那儿学习一些有用的技能。我们在一周后就已经明白了，他让我们不断工作，是因为他很老练，不让我们在这样的寂寞中还有精力向他发出挑衅，也不会彼此闹内讧。他是正确的。他用这个地区生长的一种坚硬而粗壮的灌木雕刻手杖和烟斗，我不清楚，他为什么把这种灌木称为“纳斯托尔卡”。他每周使用一个新烟斗。我从来没有听见他讲过任何一个笑话。有时，为了朝我们中的某个人微笑，他会把烟斗从嘴里拿下来片刻。大约每隔一个月有一名男子会从邻村带来一份俄语旧报纸。巴拉诺维奇自己不看报。我从报纸上了解到许多情况，但是报纸当然不会告诉我们关于战争的消息。我有一次读到一条消息，哈萨克人进驻了西里西亚。我的堂兄约瑟夫·布兰科相信这条消息，而马内斯·赖西格不相信。他们俩争吵起来。他们第一次对彼此感到恼火。最后，寂寞引起的疯狂控制了他们。现在，更年轻脾气更暴躁的约瑟夫·布兰科抓住了赖西格的胡须。我当时正在厨房里清洗盘子。我听见他们在争吵，于是手里拿着盘子走进房间。他们既没有听见我的脚步声,也没有看见我。看见自己热爱的两个人在大打出手,我被吓呆了,然而,一种骤然而至的认识也第一次击中了我;这种认识仿佛由外及内地击中了我:我意识到,我和他们不是一伙的了。我站在他们面前,身份是一个失去知觉的仲裁者,而不再是他们的朋友;尽管我很清楚,在这不毛之地产生的胡思乱想支配了他们,然而我却相信,我肯定并未对此感到恐惧。我的内心涌上一种充满敌意的冷漠。我转身回到厨房,继续清洗盘子。他们怒吼着。但是,就像人们不想叫醒旁边睡觉的人一样,我似乎不想打扰他们荒唐的打斗,我小心地把盘子一个个叠好,不让它们发出碰撞的声音,我以前从未如此。洗好盘子后,我坐到厨房里的矮凳上,安静地等待着。

很久之后,他们也进来了,仿佛是突然冒出来似的,一个接着另一个。他们此刻也没有看我一眼。他们仿佛都想为了自己而对我表达他们的轻视,因为我没有插手他们两个敌人之间的争斗。两个人都开始干毫无必要的事。一个在磨刀,但是刀子看上去一点也不具备威胁性。另一个则用烧水壶盛雪,点燃炉火,再扔进薄木片,把烧水壶放到炉子上,然后专心致志地看着火苗。屋子渐渐暖和起来了。热气袭向对面的窗户,在火焰的反光映照下,霜花变成微红色、蓝色,偶尔变成紫罗兰色。地面上、窗框下已经结冰的水滴开始融化。暮色渗透进房间，烧水壶里的水在沸腾。不久之后，巴拉诺维奇从徒步旅行中归来，——大家都不清楚，他出于何种原因会经常在一些日子去参加徒步旅行。他走进屋子，外套拿在手里，连指手套塞在腰带上。(他习惯在门口脱下上衣和手套，这是一种礼仪。)他和我们每一个人握手，例行说着客套话："愿上帝保佑您健康！"然后他脱下毛皮帽子，在胸前画十字，走进起居室。

之后我们吃饭，与往常一样，我们四人一起。没人说话。大家听着布谷鸟钟摆的撞击声，这声音会令人联想到一只碰巧来自异域的迷途鸟儿。习惯了听我们每晚说废话的巴拉诺维奇偷偷地打量我们的脸。他终于起身了，动作很突然，不像往常那般缓慢，仿佛对我们今天令他失望表示不满，他说："晚安！"然后走进第二间房间。我收拾好餐桌，吹熄煤油灯。透过结冰的窗户玻璃可以看见夜晚的光影。我们躺下睡觉。"晚安！"我像往常一样说道。没人回答。

第二天早晨，我正在劈木片，准备烧沙玛瓦尔铜茶壶①，巴拉诺维奇走进厨房。他开始出人意料地快速说话："他们打架了。"他说。"我看见了伤口，也明白了他们为什么会那

① 沙玛瓦尔铜茶壶：俄罗斯的一种铜制茶壶，由一大一小两把茶壶组成，大茶壶内部有一根呈直角状的燃烧管，里面可以放置燃料，大茶壶下方通常安装水龙头，大茶壶用来烧水及取暖；燃烧管上方可以放置小茶壶，用来煮茶和茶水保温。

么沉默。我不能再收留他们了。这栋房子必须保持和平。我已经收留过一些客人了。在和平相处时,他们所有人都能留在这儿。我从来没有询问过任何一个人:他是谁,他从哪儿来。他可能是一个杀人犯。但是在我这儿他就是一位客人。我按照这句谚语来行事:来到家中的客人就是来到家中的上帝。送你前来的少尉已经认识我很久了。即使是他,因为一次斗殴,我也不得不把他驱逐出去。他并没有见怪。我想让你留下来。你无疑没有参与打架。但是其他人可能会告发你的。你也得一起离开。"——他沉默了。我把点燃的薄木片扔进铜茶壶的燃烧管里,在上面再叠放几片松软的报纸纸头,让薄木片不会熄灭。在铜茶壶开始鸣叫时,巴拉诺维奇又开始说道:"你们不能逃跑。如果到处乱跑的话,这个季节在这个地区没人能活下去。那么,除了去维亚特卡之外,你们没地方可去了。去维亚特卡,"他重复说道,踌躇了一下,接着又补充道,"去战俘营。也许你们会受到惩罚,或许是严重的惩罚,或许是轻微的惩罚,或许压根不会受到惩罚。那里的秩序杂乱无章,沙皇离他们太远了,他的法律很混乱。你们去找库米恩中士。他比战俘营司令官更有影响力。我给你们带上茶叶和马合烟①,你把这

① 马合烟:俄罗斯农民自己烘制的一种低级烟草。

些东西给他。要记住:是库米恩。”——水开了,我把茶叶倒进水壶,注入热水,然后把水壶放到沙玛瓦尔铜茶壶的燃烧管上。——“最后一次了!”我想道。我并不害怕回到战俘营。这是战争期间,所有的俘虏当然得去战俘营。但是我现在清楚,巴拉诺维奇是父亲,他的房子是我的故乡,他的面包是我故乡的面包。昨天,我失去了我最好的朋友。今天,我失去了我的故乡。我第二次失去了故乡。我那时还不知道,这并不是我最后一次失去故乡。这是像我们这样的人的命运。

我端着茶走进起居室时,赖西格和约瑟夫·布兰科已经在餐桌的两侧坐好了。巴拉诺维奇倚靠在通往隔壁房间的门上。他并没有坐下,我还是摆上了他的杯子。我自己切面包、分面包。他走到桌旁,站着喝他的茶水,站着吃他的面包。然后他说道:“我的朋友们,我已经向你们的少尉说过了,我为什么不能再收留你们。拿上你们的雪橇,拿一些皮毛穿在外套里面,这会让你们感到暖和一些。我陪你们去当初接你们的那个地方。”

马内斯·赖西格走出去,我听见,他在前院驾驶雪橇,雪地立刻发出嘎扎嘎扎的声音。约瑟夫·布兰科没有立刻理解巴拉诺维奇的话。“起来,收拾行李!”我说。我不得不发号施令,这第一次令我感到痛楚。

当我们准备妥当,挨肩擦膀地拥挤着坐在那架小雪橇上时,巴拉诺维奇对我说:“你下车,我忘了给你东西。”——我们重新走进这栋房子。我最后一次环顾厨房、起居室、窗户、刀、炊具、拴着的狗、两把猎枪,摞在一起的皮毛在偷窥我们,鬼鬼祟祟,但是白费力气,因为巴拉诺维奇根本没有关注它们。“给你,”他说,递给我一把左轮手枪,“你的朋友们将……”他没有讲完这句话。我把手枪放进衣袋里。“库米恩不会调查你的,你只要给他这些茶叶和马合烟。”我想向他表示感谢。但是一声感谢听起来是多么轻微啊!出自我口中的一声感谢!我突然想到,我在之前的生活中是那么频繁地说出一声声“谢谢”!我简直是亵渎了这个词。我那没有分量的感谢之词在巴拉诺维奇的耳中该是如何空洞啊!甚至连我的握手也是没有力度的——还好他戴着连指手套。当来到他上次迎接我们的地方时,他才脱下右手的手套,和我们一一握手,并按照习惯一一说道:“愿上帝保佑您健康!”他好像担心我们会留下来似的,冲着虚空大声吆喝:“呜哟!”他转过背,离我们而去。下雪了。他以鬼怪般的速度消失在大雪纷飞中。

我们前往战俘营。库米恩什么也没询问。他拿走茶叶和马合烟,什么也没问。他把我们分开了。我去了军官收留所。我在操练时能见到马内斯和约瑟夫·布兰科,一周两次。他们彼此不看对方。我有时会走到他们中某个人的身边,从我少得可怜的烟草中分出一些给他,无论是他们俩中的谁,都会用德语公事公办地对我说:“感激不尽,少尉先生。”——“近来好吗?”——“是的!”——突然有一天,管理人员在庭院里点名时,我发现他们俩都不见了。傍晚,我在军官收留所里我的木板床上发现了一张字条,字条是用一枚大头针别在我的枕头上的。字条上是约瑟夫·布兰科的笔迹,写着:“我们走了。我们去维也纳。”

二十三

我在维也纳真的遇到了他们,不过是四年后。

1918年的圣诞之夜,我回家了。火车西站的时钟指针指向十一点。我走在玛利亚希尔福大街上。颗粒状的雨、不成形的雪片,夹杂着几粒冰雹从糟透了的天空划着斜线掉落下来。我的军帽光秃秃的,上面的圆花饰被拆除了。我的衣领光秃秃的,上面的军衔星章被拆下来了。我自己无遮无盖。石头无遮无盖,围墙亦然,屋顶亦然。黯淡的路灯也无遮无盖。颗粒状的雨滴噼里啪啦击打在路灯那不透明的玻璃罩上,就像天空在朝可怜的玻璃大弹珠扔砂石子儿。公共建筑前站岗的哨兵的大衣在风中飘动,尽管衣服已经被雨雪打湿了,边缘还是鼓胀着。竖起的刺刀看上去一点也不真实,长枪半斜着扛在这些哨兵的肩上。这些长枪看上去似乎想平躺着睡觉,它们已经射击了四年,就像我们一样疲累。这些哨兵没有向我敬礼,我对此完全没有感到惊讶,我光秃秃的军帽和光秃秃的上衣衣领没有权利要求别人这样做。我没有提出抗议。这只是一种悲恸。这只是一种结局。我想起父亲旧日的梦想,一个关于三重君主制国家的旧梦,想起父亲曾经指定我有朝一日要实现他的梦想。我的父亲葬在席津公墓;弗兰茨·约瑟夫皇帝,父亲昔日真心实意要背叛的人,则安葬在卡布济教堂地下的皇家陵寝①。我是继承人,颗粒状的雨滴击打在我身上,我朝着父亲和母亲的房子移动。我绕路了。我途中经过卡布济的皇家陵寝。教堂前也有哨兵在来回走动。他还守卫什么呢?石棺吗?思念吗?还是历史?我,继承人,在教堂前伫立了一会儿。哨兵没来打扰我。我脱下帽子。然后我继续朝父亲的房子走去,经过一栋又一栋房子。我的母亲还活着吗?我回来这件事,已经在回国的路上先后两次通知

---

① 卡布济皇家陵寝:即“先王冢”。卡布济教堂的地下墓室是大多数哈布斯堡皇族最后的安息地。为了让书名具有形象感和直观性,译者按照中国文化的意象,把书名意译为“先王冢”;文中则使用普遍的称呼——“卡布济皇家陵寝”。

了她。

我走得更快了些。我的母亲还活着吗？我站在我们的房子前。我按响门铃。好长时间之后，我们年老的看门人的太太才来开门。“范尼太太！”我叫道。她立刻就通过嗓音认出了我。蜡烛颤动了，她的手颤抖着。“大家在等着您，我们在等待您，少爷。我们俩整夜都睡不着，楼上的夫人也一样。”——事实上，她穿着我以前只有星期日上午才能见到的服饰，从来没有看见她在宵禁后的晚上如此穿着。我一下子跨上两级台阶。

我的母亲站在她的旧靠背椅旁，穿着她的黑色高领连衣裙，额头上方的银发高高梳起。后脑勺上盘成圆形的两条辫子上露出梳子的圆弧宽边，像头发一样雪白。极其熟悉的白色窄滚边镶嵌在衣领和窄袖处。她举起那根银质把手旧手杖，这是一个恳请。她向空中举高它，仿佛她的手臂不够长，不足以表达出她深厚的感激。她没有移动，她等着我，她静止不动，我却觉得她像是在缓步而行。她朝我弯下身子。她甚至没有亲吻我的额头。她用两根手指托起我的下巴，让我抬起脸来，我第一次看见，她比我高大得多。她盯着我看了好久。然后发生了一些难以置信的事情，是的，一些令人惊骇的事，一些我难以理解的事，一些几乎超出自然的事：我的母亲抬起我的一只手，略微弯了弯腰，吻了我的手两下。我迅速而尴尬地脱下大衣。“还有外套，”她说，“它也被淋湿了。”我把上衣也脱了下来。母亲注意到，我的衬衫的右边袖子上有一道长长的裂缝。“你把衬衫脱下来，我给你缝补一下，”她说。“不用，”我请求道，“它不干净。”我从来都不可以在我们的房子里说某物污秽或肮脏。① 这种仪式般的表达方式又迅速复活了！我现在感到自己回家了。

我没有说话，我只是看着母亲，吃着喝着她为我准备的东西，这些东西或许是她采用了上百种狡猾的办法弄来的。当时，所有这些东西在维也纳是买不到的：咸杏仁、纯小麦面包、两条巧克力、一小瓶样品装的白兰地和纯正的咖啡。她坐到钢琴旁边。钢琴敞开着。几天以来，她都让它这样敞开着，从我通知她我要回家的那天开始。她可能想让我演奏肖邦。她知道，对肖邦的热爱是我从父亲那儿继承下来的少数几个爱好之一。插在钢琴古铜烛台上的粗壮的黄色蜡烛已经烧掉了一半，站在烛台旁的我发现，母亲多年来没有碰过钢琴键了。她以前习惯在每天傍晚弹钢琴，并且只在傍晚，只在烛光中。这些是旧时代粗壮的、优质的、蜡油丰富的蜡烛，战争期间肯定是买不到的。母亲让我去拿

① 污秽(drecking)，肮脏(schmutzig)，文中“我”用了“不干净”(nicht sauber)，表示归来后依旧严格遵守妈妈的规则。

火柴。这是一个粗笨的火柴盒,放在壁炉架上。它躺在那儿,棕褐色,挺俗气的;旁边是一只小座钟,小座钟的外表是一个柔和的小姑娘面庞,火柴盒在这个房间里是一个异乡的闯入者。这是一盒硫黄火柴,点燃它之后必须等待一段时间,直至蓝色的小火苗变成稳定正常的火焰。它散发的气味也是侵入性的。我们当初进行社交聚会时,室内总是笼罩着某种香气,混合了远处的呼吸、正在凋谢的紫罗兰和现煮浓咖啡那略带涩味的香气。这儿的硫黄却不得不探寻着什么。

我的母亲把她那双白生生的亲切的老年人的手放到钢琴键上。我靠在她身边。她的手指在琴键上滑行,但是钢琴没有发出声响。它沉默着,根本就像死了。我没弄明白。这一定是一种奇特的现象;我不懂物理原理。我自己也按下几个琴键。它们也没有反应。好恐怖的现象!我好奇地抬起钢琴的箱盖。这台乐器是空的:没有琴弦!“它是空的,妈妈!”我说。她低下头。“我完全忘记了,”她开始轻声说道,“在你动身前几天,我突然产生一个奇怪的想法。我想强迫自己不要弹琴。我让人把琴弦拆掉了。我不清楚,我当时是怎么想的。我真的不知道。当时思想混乱,甚至也许是头脑不清楚了。我现在才想起来。”

母亲看着我。她的眼中含着泪花,是那种不会滚动下来的宛如一泓静水的眼泪。我搂住老太太的脖子。她抚摸我的头。“你的头发里有好多煤烟灰。”她说。她连续重复了好几遍:“你的头发里有好多煤烟灰！去洗洗吧！”

“睡觉之前再去,”我哀求着。“我还不想去睡觉,”我说,就像很久之前,我还是一个孩子时那样。我又补充道:“让我在这儿再多留一会儿吧,妈妈!”

我们坐到壁炉前的小桌子旁。“我在整理房间时找到了你的香烟,两盒你以前经常抽的埃及牌。我把它们用湿润的吸墨水纸包起来了。它们还很新鲜。你想抽烟吗？它们就放在窗旁。”

是的,它们是老式的百支装卷烟！我仔细察看这两只烟盒的各个侧面。一只烟盒的盖子上写着一个名字:弗里德尔·赖西内尔,霍恩施陶芬巷。还辨认得出,这是我的字迹。我立刻想起来了:这是一个漂亮的香烟店女店员的名字,显然我是在她那儿买的这些烟。老太太微笑了。“这是谁?”她问。“一个漂亮的女孩,妈妈！我从来没去找过她。”——“去引诱一个香烟店女店员,你现在过了那个年纪了,”她回答,“并且这种香烟现在也没有卖的了……”我第一次听见母亲尝试开这样的玩笑。

又安静了一会儿。我的母亲然后问道:“你受了很多苦吗,孩子?”——“不太多,妈妈。”——“你想念你的伊丽莎白吗?”(她没有说“你的妻子”,而是“你的伊丽莎白”,并且她强调了“你的”这个词。)——“不,妈妈!”——“你还爱她吗?”——“离得太远了,妈妈!”——“你一点都没有问起她?”——“我刚刚想问来着。”——“我很少看到她,”母亲说,“见到你岳父的次数更多些。我最后一次见到他是两个月前。他非常悲伤,但是又充满希望。这场战争给他带来了金钱。他们知道你被俘的事。我想,他们可能更愿意在阵亡者名单或者失踪者名单上看见你的名字。伊丽莎白……”

“我可以料想到。”我打断了母亲的话。

“不,你想象不到,”我的母亲固执地说道,“猜一猜,她变成什么样子了?”

我朝最糟糕的方向猜想,或者朝可能是母亲认为最糟糕的方面猜想。

“女舞者?”我问道。

我的母亲严肃地摇头。然后她伤心地、几乎是阴沉着脸说:“不——工艺美术设计师。你知道这是什么吗?她画——或者也许她雕刻——古怪的项链和戒指这些新式玩意儿。你知道吗?用松木的角和针。我相信,她还能用麦秆编织地毯。她最后一次到这儿来时,给我做了一个报告,就像一位教授,我记得,是关于非洲艺术的。有一次,她没有征得我的同意,就带了一个女朋友到这儿来。那人——”母亲迟疑了一下,然后终于决定说出来,“那是一个短头发的女人。”

“这么糟糕?”我问。

“还有更糟糕的,我的孩子!当他们开始用不值钱的材料制作那些看上去值钱的东西,这将会导致什么呢?非洲人佩戴贝壳饰品,这始终是奇形怪状的。当他们撒谎——好吧,但是这些人从欺骗中获利,孩子!你听懂了吗?他们无法让我相信,棉布是亚麻做成的,月桂花环是由冷杉球果编成的。”

我的母亲用她平日里的平静声音,慢慢地说出上面这些话。她的脸变红了。

“一个女舞者会让你感觉好一些吗?”

母亲想了一会儿,然后令我万分惊讶地如此回答:

“当然,孩子!我不想要一个女舞者当女儿,但是女舞者不会骗人。此外,她们的道德观虽然轻浮,但是并不含糊,不是谎言,没有欺骗。在我看来,和一个女舞者相处更适合像你这样的人。但是这位‘工艺美术设计师’对外宣称自己是已婚的。你没听懂吗,孩子?如果你已经从战争中恢复过来了,你要自己去看看。你明天早上无论如何得去探望一下你的伊丽莎白。你们究竟要住在哪儿呢?你们的生活究竟会变得怎么样呢?她住在她父亲家里。明天几点叫醒你?”

“我不知道,妈妈!”

“我八点吃早餐!”她说。

“那就七点吧,妈妈!”

“去睡觉吧,孩子! 晚安!”

我亲吻了她的手,她在我的额头上吻了一下。是的,这就是我的母亲! 这一切,就好像什么也没发生过似的,就好像我并不是刚从战争中返回家园,就好像这个世界还没有毁灭,就好像这个帝国还没有被摧毁——我们古老的祖国以及它各式各样不可理解、然而坚定不移的法律、风俗、爱好、习惯、美德和恶习都还存在似的。在母亲家中,即使四个晚上没有睡觉,大家也得在七点钟起床。我昨晚将近子夜时分到家。现在,拥有一张疲惫又柔和的小姑娘面庞的旧座钟敲击了三下。对我的母亲来说,三个小时的体贴就足够了。对她足够了吗?——她绝不允许再增加一刻钟的,母亲是正确的;之后,我带着获得抚慰的觉悟立刻睡着了,在家里——已经毁灭的祖国中心的一座城堡里睡着了。我的老母亲用她那根黑色的旧拐杖把所有混乱阻挡在外。

二十四

我还未担心过等待着自己的新生活，如今之人会如此描述这种状况：我还没有“认识”它。我专注于眼前数小时内的小任务：我与这样的人有些相似——站在陡峭的楼梯前，被强迫攀爬眼前这道楼梯，而第一级台阶是最危险的。

我们没有男用人了，只有一名女用人。年老的看门人接替了男用人的工作。将近早上九点时，我派他给我的妻子送去一束鲜花和一封信。我告知她，我会在早上十一点到访，我认为这个时间比较合适。我“梳洗打扮”，我那个时代的人还习惯这样说。我的便服还完好无缺。我步行前往。我十点三刻就到了，于是坐在对面的咖啡馆里等候。十一点钟时，我准时敲门。“主人不在家！”有人这样对我说。鲜花和信已经送达。伊丽莎白给我留下了口信，让我立即到她位于沃尔蔡勒的工作室去找她。我于是前往沃尔蔡勒。

是的，伊丽莎白在那儿。门上的小牌子写着：阿特利尔·伊丽莎白·特罗塔。我被自己的姓氏吓得朝后退缩了一下。

“你好！”我的妻子说，接着说，“让你参观一下！”我想亲吻她的手,但是她拨开了我的手臂。这个举动令我惊慌不已。她是第一个拨开我的手臂的女人,并且她还是我的妻子!我感到有些不自在,我在看到异常事物和仿效人类举动的机械装置时一直会有这种不自在的感觉:比如精神病患者或者没有下身的女人。然而这个人是伊丽莎白。她穿着一件绿色翻领式样的高领女士衬衣,戴着男性的长领带。她的脸庞上依然长着柔软的绒毛,我还辨认得出,她垂下头时弯曲的颈项,以及她纤细而结实的手指在桌上表现出的紧张小动作。她靠在一把柠檬黄的木质办公椅上。办公室里的一切都是柠檬黄的,桌子、画框、宽大窗户的窗框以及光秃秃的地面。“你只能坐到桌子上了!”她说,“抽支烟吧。我还没有完全布置好。”她向我讲述,这一切都是她自己布置的。“用这双手。”她说,并在我眼前展示她那两只漂亮的手,“这一周还会运来其余的家具和一幅橙色的窗帘,橙色和柠檬色很般配。”当她终于吧啦吧啦讲完自己的事情之后——还是用她那一贯略带沙哑的嗓音,我过去是多么迷恋这个嗓音啊!——她问我:“你这几年在干些什么?”——“与世沉浮!”我答复。“谢谢你送的花,”她说,“你送花来,为什么不打电话?”——“我家里没有电话!”——“嗯,那么,你讲讲吧!”她命令道,并点上一支香烟。她吸烟的样子,和我后来见到的许多妇女一样,香烟在走了样的嘴角边燃烧着，表情带着一种后天性的极度漫不经心，流露出疾病之色，这种病症被医生称为面部发育不全症。“我以后再讲，伊丽莎白。”我说。——“随便你吧！”她回答。“你看看我的文件夹。”她给我看她的设计草图。“非常独特！”我说。她画各式各样的东西：地毯、围巾、领带、戒指、手镯、烛台、灯罩。所有的东西都有棱角。“你能理解吗？”她问。“不！”——“你也一样！”她说。她注视着我。她的目光流露出痛苦的神色，我认为，她指的是我们的新婚之夜。我突然也感到一种歉疚。但是我该如何向她表述呢？

房门被用力推开，一丝黑暗渗入房间，一个黑色短发的女人带着一阵风走进来。她长着黑色大眼睛，深黄色面庞，红唇上方的汗毛浓密厚重，牙齿牢固而明亮。这个女人给这个房间带来一些我无法理解的东西，我站起来，她坐到桌子上。“他是我的丈夫！”伊丽莎白说。我几分钟后才领会，她是“约兰特”。“你不知道约兰特·萨特马利？”我的妻子问。我于是意识到，她是一位名人。对于设计她比我妻子在行。世间万物似乎都需要美术设计。我对我的无知表示了歉意。事实上，在维亚特卡和返家的路上我都没有听说过约兰特·萨特马利这个名字。

“老人家在哪儿？”约兰特问。

“他过一会儿就来！”伊丽莎白说。

老人家指的是我的岳父。过了一会儿，他也来了。他看见我的时候，寻常地“啊”了一声，然后拥抱我。他仍然健康且生机勃勃。“平安归来！”他如此欢欣鼓舞地叫喊着，就好像是他本人回家了似的。——“结局好，一切都好！”他紧接着说道。两位女士都大笑起来。我感到自己的脸发红。“我们一起去吃饭！”他命令道。“看看这儿，”他对我说，“这一切都是我用自己的双手布置的！”——他把双手展示给我看。伊丽莎白假装在寻找她的大衣。

我们于是出去吃饭，应该说我们是乘车出去吃饭，因为我的岳父当然是有车和司机的。“去常去的那家餐厅！”他这样指示司机。我没敢询问他常去的餐厅是哪一家。现在到达餐厅了，这是一家我熟悉的老餐厅，过去我经常和朋友们在这儿吃饭，它是维也纳历史悠久的餐厅之一。这些老餐厅的主人对客人的熟稔程度超过对侍者的熟悉程度，在这些老餐厅里，客人不是掏钱买单的顾客，而是神圣的贵宾。

但是，现在一切都改变了：陌生的侍者来为我们服务，他们不认识我，我和蔼可亲的岳父和他们握手。他在这儿甚至还有一张“专桌”。我对这儿感到非常陌生，比异乡人还要感到陌生。因为我熟悉这个地方，台布是我的朋友，窗户、被烟熏黑了的天花板、宽大的绿色瓷砖炉子、窗台上的蓝边陶土花瓶以及花瓶里插着的枯萎花束都那么熟悉。但是,陌生人在为我服务,我和陌生人坐在一张桌上吃饭。我听不懂他们的谈话。我的岳父、我的妻子伊丽莎白和约兰特·萨特马利聊着展览会的事;他们想创办杂志、请人印刷海报、取得国际影响力——我听懂的就是这些!“我们一起带上你!”我的岳父时不时地对我说;我不清楚,他想把我一起“带”至何处。是的,单是展览会就已经让我无法忍受了,我居然还要“被带上”。

“记账!”我们用餐完毕后,我的岳父叫道。此刻,柜台后面的利奥波德露面了,那个利奥波德爷爷。六年前我们就已经称呼他为利奥波德爷爷了。“爷爷!”我叫他,他走过来。他可能已经超过70岁了。他走路时两条腿打着颤,双足外翻——这是经年累月做侍者工作的标志。在摇晃的夹鼻眼镜后,他那双已经失色的、边缘泛红的浅色眼睛立刻就认出了我。他那没牙的嘴已经绽放出微笑了,雪白的髭髯劈叉成了两撇。他滑向我,亲切地握住我的手,就像抓住一只鸟儿似的。“噢,太好了,至少您还在!”他高声说道,“您再来啊!我将有幸亲自为先生您服务!”他没有招待其他顾客,径直朝着收银台后面的店主喊道:“总算来了一位客人!”——我的岳父大笑起来。

我必须和岳父谈谈。现在,我站在楼梯前,看上去在眺望整座楼梯。它的台阶数也数不清,并且越来越陡峭。当然,我可以离开伊丽莎白,不再照顾她。那时,我从未有过这种想法。她是我的妻子。(即使时至今日,我还活在这样的意识里:她是我的妻子。)或许我和她相处不洽,甚至可以肯定这一点。或许这是古老的、只要一半就足以令人窒息的爱,这份爱令我相信:只是我的良知驱使自己如此。或许这是我出于利己主义的渴望,所有少年以及年轻男子愚蠢的渴望,渴望他们曾经爱过但是后来又忘却了的女人,这个女人已经改变了,值得重新爱慕与追求。够了,我必须和岳父谈谈,我此后要和伊丽莎白在一起生活。

我和岳父约在一家老饭店的酒吧里见面,这家酒吧里的人一定认识我。为了保证这一点,我提前半个小时前去侦察了一番。是的,他们都还活着,两名侍者回来了,调酒师也回来了。是的,大家甚至还记得,我曾经犯下的过失,这一切让我感到多么舒适啊! 一切安静而柔和。日光穿过玻璃穹顶温暖地洒进室内。酒吧里没有窗户。卖的还是战前传统的好货。我的岳父进来后,我点了白兰地。侍者像以前一样,给我拿来有年份的拿破仑。“你这天不怕地不怕的小子!”我的岳父说道。现在,我绝对不是。

我对他说,我必须从现在开始安排我的生活,更确切地说,是我们的生活。我说,我绝不打算推迟所作的决定。我必须立刻知道他的回答。我是一个有计划的人。

他安静地倾听着。然后他开始说:“我想向你坦诚地说明一切。首先我不清楚,伊丽莎白是否还愿意和你一起生活,也就是说,她是否还爱你;这是你的、你们的事。其次,你想依靠什么为生?你究竟会什么技能?你在战前曾经是来自上流社会的富裕青年,来自我的小宝贝曾经属于的那个上流社会。”

“小宝贝!”——这指的是我的内兄。他,这个我可能从未喜欢过的人,是小宝贝。我完全把他给忘掉了。“他在哪儿?”我问。“阵亡了!”我的岳父回答。他沉默了,一口喝光了杯子里的酒。“他在1916年阵亡了。”他补充道。我第一次觉得他亲近而熟悉。

“嗯,”他继续说道,“你什么也没有,你没有工作。我本人是商业顾问,甚至还加封为贵族了。但是现在这也不能带来些许好处。陆军军备管理处还欠着我十万债务呢,他们不付钱给我。我只有赊欠款和银行里的一点钱。我还年轻。我可以从事一些新颖、大型的业务。你也看见了,我现在尝试涉足工艺美术设计行业。伊丽莎白认识了著名的约兰特·萨特马利。‘约兰特工作室’——有了这个品牌,不值钱的玩意儿也可以行销到全世界。此外,”他梦呓般地补充道,“我还有摆脱困境的其他方法。”

于我而言，这句措辞就足够了，足够重新把他列入“不喜欢的人”这份名单中去了。他自我感觉良好，因为他马上说了下面的话：“你们不再有钱了，我清楚，你的妈妈还没有意识到这一点。只要你愿意，我任何地方都可以带上你。但是你得先和伊丽莎白谈谈。再见！”

二十五

我于是先和伊丽莎白谈话，这就像我要把自己曾经埋在地底下的某种东西挖掘出来似的。难道是一种感情、一种激情驱使着我，将我引向伊丽莎白？我的出身和所受的教育都要求我承担责任。此外，我对萦绕于我身畔的秩序并不熟悉，也可能出于对这种秩序的强烈反抗，我被迫意识到，首先要在自己的事务中构建一种秩序。

伊丽莎白答应赴约，在约定的时间来市中心的那个蛋糕店，那是我第一次热恋时我们曾经见面的地方。我在我们以前坐过的桌旁等她。回忆，甚至感伤向我席卷而来。我觉得，大理石桌面上一定还遗留着一些我们的、她的手的痕迹。这无疑是一种孩子气的、滑稽可笑的想法。我对此一清二楚，但是我强迫自己想她。把自己与她完全绑缚在一起,在一定程度上是为了可以将某种感情与“在我的生活中重建秩序”这个需求结合在一起,也为了证明我与伊丽莎白的谈话对双方来说都是正确的。我当时第一次体会到:我们只是短暂地经历生活并匆匆忘怀,比地球上其他生物都要短暂。我对伊丽莎白感到害怕;战争、囚禁、维亚特卡、返回故乡,我几乎都已经忘却了。我将与伊丽莎白相关的一切事情与我们之间的关系联系到一起。与失去我的朋友约瑟夫·布兰科、马内斯·赖西格、扬·巴拉诺维奇、我的故乡、我的世界相比较,她究竟意味着什么呢?按照市民法律以及教会规则的字面规定和含义解读,伊丽莎白甚至连我的妻子也不是。(在古老帝国时期我们都可以轻易离婚,更别提现在了。)我对她还有要求吗?我看看表。五分钟后她就应该到了,我盼望她至少再犹豫上半个小时。由于害怕,我吃了一小块菊苣和肉桂巧克力蛋糕,这种食品仅仅能吸引我们的眼球,不能迷惑我们的味觉。(蛋糕店不出售烈性酒。)

伊丽莎白来了。她不是一个人来的。她的朋友约兰特·萨特马利陪她一起前来。我当然希望是她独自一人赴约。但是当约兰特·萨特马利也出现的时候,我一点都没感到惊讶。我清楚,如果不带上这个女人,伊丽莎白不会来的,也不能来。我理解。我绝对没有偏见,哦,没有!在世上,在这个我长大的世界,偏见几乎被视作粗鄙的符号。仅仅在公众场合表现出这个被禁止的东西也让我觉得蹩脚。也许伊丽莎白有一个她不爱的女人,我不允许这个女人和我们一起走向共同的未来。她必须服从这一点。

不可思议的是,她们尽管长相各异,表情大不相同,然而两人却惊人地相似。她们的服饰和举动都相似。可以说她们像姐妹,或者更确切地说,她们像兄弟。她们像男人所习惯的那样,为了谁应该先进来这个问题,站在门口犹豫。她们像男人所习惯的那样,为了谁应该先落座这个问题,站在桌边犹豫。我甚至不敢尝试去吻她们俩的手。在她们眼中,我是一个滑稽可笑的人,一个没落家族、一个陌生而又遭人鄙视的种族的后裔,我一生也无力被她们所属的特权阶层接纳,一生也无法分享她们守护的秘密。我沉浸在卑鄙的想象之中:她们属于一个弱势甚至低贱的家族,她们放肆地想通过献殷勤获取我的这些想象。她们果断一致地坐到我身边,就好像我向她们提出了挑衅似的。显而易见,她俩之间存在着一个看似无声、实则非常清晰的针对我的同盟。我即使说了一句无关紧要的话,她们也交换一下眼神,就像两个已经深知我是何种风格以及我能有何种态度的人。有时,其中一个人微笑了,刹那之后,另一个人的唇边也泛起同样的微笑。我认为自己不时观察到,伊丽莎白是向着我的,她尝试偷偷给我传递一个眼神,她似乎想证明,她到底还是属于我的,她只是不得不听从朋友的话,这既不符合她的意愿亦不符合她的好恶。我们谈了些什么呢?我询问她们的工作情况。我听到一场主题为"欧洲无能"的演讲,认识了原始材料、原始意图和原始创造力。重要的是,她们要把欧洲人完全错误的艺术鉴赏品味引导进入正确、自然的途径。就我的理解,首饰是一种实用物。我对此并不怀疑。我也会这么说。我甚至乐意承认,欧洲人的艺术鉴赏品味是错误的。我只是不能理解,为什么单单要这个错误的艺术鉴赏品味对世界末日承担责任;它其实是一个结果,它无疑只是一种病症。

"病症!"约兰特女士叫起来了,"我刚刚给你讲过,伊丽莎白,他是一个不可救药的乐观主义者!我难道不是第一眼就看出他的真面目了吗?"——与此同时,约兰特女士把她两只宽阔的小手掌放到伊丽莎白的手上。她的手套在移动中从膝上滑到了地板上,我弯腰去拾,但是她用力把我推开了。"抱歉,"我说,"我是一个乐观主义者。"

"您和您的病症!"她大叫。我明白了,她没理解这个词。

"哈鲁法克斯在八点钟做自愿节育的报告。"约兰特女士说,"别忘了,伊丽莎白!现在七点了!"

“我没忘。”伊丽莎白说。

约兰特女士站起来,用眼神快速命令伊丽莎白跟她一起行动。“抱歉!”伊丽莎白说。她听话地跟着这位约兰特女士走向卫生间。

她们离开了几分钟,这时间足够让我想明白:如果我坚持“在我的生活中重构秩序”,只能增加这种混乱。不是我独自一人陷入混乱之中,甚至还扩大了共同的混乱。女士们回来时,我的思想已经跑至遥远之所。她们结账了。我根本还没来得及呼叫侍者。她们担心我可能会抢在她们前面结账,从而妨碍她们的独立自主,因此,当她们从卫生间出来,路过收银台时,就呼叫了侍者。伊丽莎白在离别时把一张卷起来的小纸条塞进我手里。她们离开蛋糕店,去听哈鲁法克斯的自愿节育报告了。我展开这张小纸条。“晚十点在博物馆咖啡馆见,独自一人前来。”伊丽莎白在小纸条上这样写道。混乱还未结束。

咖啡馆散发出碳化物的味道,也就是腐烂的洋葱和动物死尸的味道。这儿没有电灯。让我在各种刺鼻气味的笼罩下集中精神,我感到非常困难。气味比噪声还要强烈。我呆呆地等着,丧失了再次见到伊丽莎白的丝毫兴趣。对于“重构秩序”,我也压根没有了一点兴趣。可能是碳化物令我终于相信:我努力“重建秩序”这个想法真的太落后了。

我仅仅出于对女性的礼貌而等待着。但是,礼貌的等待也不能超过所谓的法定打烊时间。我以前对这样的规定感到非常恼火,现在却把它看作有关行政机关非同寻常的帮忙。这些行政机关无疑清楚他们在做什么。他们强迫像我们这样的人摆脱不合适的品性,纠正我们糟透了的误解。

在打烊前半个小时,伊丽莎白还是来了。她冲进来时如此漂亮,像一只被追赶的野兽,半长的海狸皮大衣上、头发上、长睫毛上沾着落雪,面颊上的雪珠正在融化。她看上去就像从森林里逃到我这儿来的。

"我对约兰特说,爸爸生病了。"她开始说道。泪珠已经在她的眼眶里滚动。她开始啜泣。是呀,尽管在她敞开的皮大衣里面露出男士衣领和领带,她却在啜泣。我小心地捧着她的手亲吻。伊丽莎白肯定不会再有心情去推开我的手臂了。侍者走过来,他已经精疲力竭了。只有两盏电石灯还亮着。我想,她可能会点一杯利口酒。但是她理所当然地点了一份辣根小香肠。我想,哭泣中的女士胃口真好。此外,辣根也可以成为掉眼泪的借口。她的胃口打动了我。我心中突然萌生出一种温柔,暴露出真情的、致命的、男性的温柔。我伸出胳膊搂住她的肩。她朝后闪避,用一只手把香肠浸进辣根里。她的眼泪还在奔涌,但是它们的意义就和海狸皮大衣上正在融化的雪珠一样微弱了。

“我毕竟是你的妻子。”她叹息着说。但是这一声叹息听上去更像一声欢呼。

“当然。”我回答。她毫无顾忌地重新坐直。她再点了两根辣根香肠和啤酒。

因为侍者现在把店里倒数第二盏电石灯也熄灭了，我们不得不抓紧时间离开咖啡馆。“约兰特在等我。”伊丽莎白在咖啡馆门口说。“我陪你去。”我说。我们并排安静地朝前走着。懒洋洋的雪花飘逸地从空中落下。路灯失灵了，连它们也偷懒了。在它们的玻璃罩中闪烁着些微吝啬又满怀敌意的光线。这些光线并没有照亮路面，反而使道路更为昏暗了。

当我们到达约兰特·萨特马利女士的房子前面时，伊丽莎白说：“到了，再见！”我和她道别。我问她，我什么时候可以来找她。我准备转身离开。突然，伊丽莎白向我伸出两只手。“别留下我，”她说，“我和你一起走。”

现在，我带走了她。我不能带伊丽莎白走进那些可能会认出以前的我的房子。我们俩如同两个孤儿，在这个幽暗空荡的大城市里四处乱走。伊丽莎白紧紧抓着我的胳膊。我透过她的皮衣能感觉到她那颗犹豫不决的心。我们有时站立在一盏灯光微弱的路灯之下，然后我看到她的脸庞湿漉漉的。我不清楚那到底是泪水还是雪水。

在不知不觉中，我们来到弗兰茨·约瑟夫码头。在不知不觉中，我们穿过了奥嘉登桥。懒洋洋、模样丑陋的雪一直在飘落，我们没有任何交谈。位于下奥嘉登大街的一栋房子里发出星星般的微光，朝着我们闪烁。我们俩都清楚，这颗星星预示着什么。我们朝着它走过去。

墙纸与往常一样，绿得刺眼。房间里没有灯。看门人点燃一根蜡烛，熔化了几滴烛泪，然后把蜡烛粘到床头柜上。洗脸盆上方挂着一条毛巾。毛巾上圆形的绿色花环中间用血红色的线绣着"你好"字样。

在这个房间里，在这样的夜晚，我爱上了伊丽莎白。"我被囚禁了，"她对我说，"约兰特囚禁了我。那个时候我不应该离开，在巴登，雅克斯去世的时候。"

"你没有被囚禁，"我说，"你在我身边，你是我的妻子。"

我寻觅并探索她身体的所有秘密，她的身体有许多秘密。年轻人的好胜心——我那时把它看作男性的好胜心——要求我，抹去可能是约兰特留下的所有痕迹。是好胜心？抑或是嫉妒？

冬日的早晨慢慢爬到绿得刺眼的墙纸上。伊丽莎白叫醒了我。当她这样看着我的时候，显得非常陌生。她的眼睛流露出恐惧和谴责；是的，她的眼睛也流露出谴责。她硬挺的银灰色领带，像一把小剑一样挂在沙发椅靠背上。她轻轻地在我的眼睛上吻了一下，突然跳起来叫到：“约兰特！”

在一种无可名状的羞臊中，我们俩慌慌张张地穿上衣服。清晨的天气很糟糕。雨水中夹带着小冰雹。我们还有一段遥远的路程。电车尚未开始运行。我们迎着冰雹雨朝着伊丽莎白的房子走去。她脱下了手套。她的手冰凉。“再见！”我在身后朝她喊道。她没有转身。

二十六

早上八点。与之前每一天一样，我的母亲已经坐在早餐桌旁。我们见面的程序也与往常相同。“早上好，妈妈！”母亲今天却回答：“你好，孩子！”这令我吃了一惊。我已经很长时间没有从她口中听到这句随意的问候语了。她最后一次这么说是什么时候呢？十年前，也许是十五年前，在我还是一个高中生的时候，在假期中，在我可以坐在早餐桌旁的时候。那个时候，她有时还会补充一句善意的玩笑，可能这句玩笑在她看来颇为绝妙。她会指着我坐的沙发椅说：“现在，课桌椅让你感到烦恼吗？”有一次我回答：“是的，妈妈！”然后我被罚三天不能上桌用餐。

她今天甚至转而抱怨果酱。“我无法理解，”她说，“从哪儿来的这么多萝卜！尝尝吧，孩子！这个有利于健康，他们这么写的。拿一点……”她中断了，她从来不能完整地说出咒语。我吃萝卜和人造黄油，喝咖啡。咖啡不错。我发现，我们的女用人从另一个壶里给我倒咖啡，我懂了，老太太为我保存了非常麻烦才搞到的优质麦尔咖啡，自己则喝菊苣制成的苦涩的咖啡代用品。但是我不能让她觉察我已经知道了这件事，我的母亲不喜欢别人识破她的小计谋。大家得假装失明。她的虚荣心强到有时候甚至会复仇。

“嗯，你和你的伊丽莎白见面了，”她直截了当开始说道，“我知道的，你岳父昨天到我们家来了。我稍微花点力气就全部理解了他的意思。他大概在这儿待了两小时。他对我说，你和他谈过话了。我对他说，你会告诉我的，但他还是滔滔不绝地讲下去。你想安排你的生活——我听他这样说。伊丽莎白有什么看法？”

“我昨天和她在一起。”

“在哪儿？为什么不回我们家？”

“我不知道，妈妈。太晚了。”

“他说，无论何处，他都想带上你。你什么也不会。你不能养活妻子。我不清楚，他想把你带到哪儿去。但是你得开始做事了。我们什么都没有了。我们家的资产都投放到战争债券中去了。也就是说失去了,就像战争一样。我们还有这幢房子。他认为,我们可以抵押贷款。你可以和我们的基尼欧维尔博士商谈一下。但是你该在哪儿工作?你该做什么?你懂这个工艺美术设计吗?你的岳父已经懂得很多了。他的演讲比伊丽莎白的演讲还要详尽。约兰特·凯茨克梅特教授是个什么样的女人?"

"是萨特马利,妈妈!"我纠正道。

"好吧,萨切克利,"我的母亲承认错误,"但是她是个怎样的人?"

"她留短发,妈妈,我不喜欢她。"

"伊丽莎白是她的女朋友?"

"一个很好的朋友!"

"你说是一个很好的朋友?"

"是的,妈妈!"

"啊哈!"她说,"那就别管她了,孩子。我只是从道听途说中知道有这样的友谊。对我来说够了。我读了一些东西,孩子!你料想不到,我懂得多少东西;一个男性朋友可能会更好。女人之间不可能存在友谊。从什么时候开始有女教授的?这个凯茨克梅特教授是哪门科学的教授?"

"是萨特马利,妈妈!"我纠正道。

"好吧:拉卡托斯,"我的母亲在考虑了一会儿之后说。

“那么,和一个女教授竞争,你想从事什么职业呢,孩子？摔跤手或者演员,这是不同的职业!”

我过去对母亲的了解多么欠缺啊！这个老太太,为了“透透气”,每周只去一次城市公园,为时两个小时;以及出于同样的目的,她还习惯于乘坐马车前往普拉特公园,每月仅一次;可是她甚至知道这种可说是颠倒的关系。她可能阅读了多少东西,她得思索考虑到怎样清晰的程度——在那些漫长而又孤独的时期,那些她在家中度过的岁月！她拄着那根黑色拐杖,在我们的房子里,从黑暗笼罩的一间房间挪到另一间,如此孤独又如此富有,如此不明就里又如此洞若观火,如此与世隔绝又如此精于世故！但是我必须为伊丽莎白辩护,如果我不这么做的话,我的母亲可能会胡思乱想！她是我的妻子,我刚刚离开她的拥抱,我还能感觉到我的手心触摸她充满青春活力的乳房时那光滑的凉意,还能呼吸到她身体的香气,我的眼睛里浮现出她的面庞、她那半闭的愉悦的眼睛,我的唇上还留着她嘴唇的印记。我必须为伊丽莎白辩护——在我为她辩护时,我开始重新爱上她了。

“这位萨特马利教授,”我说,“不能阻挡我。伊丽莎白爱我,我肯定是她选择的那一个。比如昨天……”

我的母亲没有让我把话讲完:“那今天呢？”她突然想起

来,“今天她又和哈拉斯希教授在一起了!”

“是萨特马利,妈妈!”

“我一点也不在意这个姓氏,孩子,你知道的,别再一直纠正我了。你打算和伊丽莎白一起生活,这样你必须养活她。那么,就像你岳父说的那样,你必须用我们的房子抵押贷款。然后你必须让他们把你带进某个行业,就像你岳父说的那样。我说了什么:我们的房子?这是你的房子!然后这个名字可恶的女教授一定对用冷杉球果制造新型的珊瑚饰品感到满足——以上帝的名义!我们在帕尔特雷还有一套空着的公寓,四个房间,我想,看门人知道这件事。我在银行里还有些钱,我和你平分,你询问一下基尼欧维尔博士钱的数额!我们可以一起做饭。伊丽莎白会做饭吗?”

“我想,她不会,妈妈!”

“我曾经会,”我的母亲说,“我大概会回想起来的!最重要的是,你可以和伊丽莎白生活在一起。她和你!”

她不再说“你的伊丽莎白”了,我视之为一个特别信号,它体现出母亲的仁慈。

“去城里一趟吧,孩子。探访一下你的朋友们!他们或许还活着。你在想什么呢?在想你以前进城时的情况?”

“好的,妈妈!”我说。我前往国防部拜访施特尔马赫中校,去向他打听朋友们的情况。施特尔马赫一定在那儿。

国防部现在大概也变成国家办公厅了！施特尔马赫肯定在那儿。

他在那儿，他变得苍老了，头发灰白，勾腰驼背。他坐在那儿，坐在旧写字台后面，在他以前的办公室里。但是他穿着便服，穿着一套过于宽大的古怪西装，西装在他身上直晃荡，还向外翻。他不时用两根手指在脖子和衣领之间挠一下。上了浆的亚麻布妨碍到他了。他的长袖衬衫的硬袖口妨碍到他了。他一再地在桌子边缘把袖口推回袖子里去。他还算了解一些情况：肖耶尼基还活着，他住在威登；德沃拉克、赛切尼、海莱斯贝格、利希腾泰，还有施特罗霍费尔每天都在瓦宁格大街的圣约瑟夫咖啡馆下国际象棋。斯泰思卡尔、哈拉斯茨和格林贝格尔生死不明。我先去威登找肖耶尼基。

他坐在他那栋老房子的陈旧客厅里。我几乎认不出他来了，因为他让理发师刮掉了他的小胡子。“为什么，为了什么目的？”我问他。“为了看上去像我的用人。我是我自己的用人。我自己开门。我自己擦亮靴子。我需要什么东西的时候，我按铃，然后我自己进来。伯爵先生，您有什么命令？——香烟！——然后我派自己去香烟店买烟。吃饭的话，我倒还可以在那个老太太那儿免费吃。”——我们这个圈子里的人都知道“那个老太太”指的是萨赫尔大人。

“克山德尔疯了，进了斯泰因霍夫[①]。”肖耶尼基这样结束了他令人压抑的讲话。

“疯了？”

“完全疯掉了。我每周去看望他一次。鳄鱼，”“鳄鱼”指的是肖耶尼基兄弟的叔叔扎佩哈，“占有了财产。他是克山德尔的监护人。我根本就没有否决权。这套公寓也典押出去了。我还能在这儿住三个星期。你怎么样，特罗塔？”

“我想用我们的房子来抵押贷款。我结婚了，你知道的。我必须养活妻子。”——“哦，哦，你结婚了！”肖耶尼基叫起来。“我也结婚了。但是我的妻子在波兰。但愿上帝可以养活她，保佑她在那儿健康长久地活着。我曾经决定，”他继续说道，“把一切都委托给万能的上帝。他让我自食其果——毁灭的后果，我拒绝这个结果。”他沉默了一会儿，然后一拳击打到桌上，吼叫着：“一切都是你们的错，你们，你们，”他在寻觅一个合适的表达方式，“你们一帮坏蛋，”他最后想起来了，“你们用你们在咖啡馆里开的轻率玩笑毁灭了这个国家。我的克山德尔过去一直做这样的预言。你们没有看见，这些阿尔卑斯山的傻瓜和苏台德地区的波西米亚人、这些丑陋的尼伯龙根人这么长时间以来一

---

① 斯泰因霍夫：指维也纳精神病院。

直在欺侮并羞辱我们的民族，直至他们开始仇视并出卖这个帝国为止。不是我们捷克人，不是我们塞尔维亚人，不是我们波兰人，不是我们鲁提尼人，而正是我们的德国人，我们的国民，出卖了这个帝国。”

“但是我家是斯洛文尼亚人。”我说。

“对不起，”他轻声说道，“我身边没有德国人，只能见到一个苏台德德国人！”他突然又嚷起来：“我要掐死他！——我们去把他找出来！来吧！——我们去圣约瑟夫。”

德沃拉克、赛切尼、海莱斯贝格、利希腾泰和施特罗霍费尔坐在那儿，他们中的大部分人还穿着军装。他们所有人都属于曾经的上流社会。贵族头衔已经被禁止了，这还有什么用呢？“不认识我的名字的人，”赛切尼说，“一定没有接受过优质教育！”——他们不知疲倦地下棋。——“苏台德人在哪儿？”肖耶尼基叫道。“我在这儿！”这个苏台德人说。他是一名旁观者。帕帕·昆茨是一个老社会民主党人以及党报编辑，他时刻准备着用历史来证明，奥地利人其实就是德国人。“请您证明一下！”赛切尼嚷着。帕帕·昆茨点了一份加量的斯利沃威茨①白兰地，开始作他的证明。——没人听他说话。——“上帝惩罚苏台德人！”肖耶

① 斯利沃威茨：一种水果白兰地，以布拉斯李为原料。

尼基嚷着，他刚刚输了一局。他跳起来，举起握紧的拳头，朝着年迈的帕帕·昆茨跑去。我们拦住了他。他嘴角白沫横飞，双眼通红。“马尔可曼人的老顽固！”他最后叫嚷着。这是他怒火的顶峰。然后他显然恢复了平和状态。

我感觉愉悦，我又回到家里了。我们所有人都丢掉了地位、头衔和名字，失去了房屋、钱财和价值，没有了过去、现在和未来。每天清晨醒来时，每个夜晚入睡时，我们都诅咒死神，他把我们引诱进他的盛典中去，却让我们白忙一场。我们每个人都羡慕那些阵亡者。他们安眠于地底，明年春天从他们的白骨中也许会开出紫罗兰。我们却是拖着萎靡之躯绝望地返回家园，已经一无所有，我们是濒临死亡的一代，却遭到了死神的鄙夷。评估委员会做出的评估报告不可更改。该报告内容为：“此人判定为不宜死亡。”

二十七

我们所有人都让自己适应这种不同寻常的生活。这是一种仓促的自我适应。我们忙于适应，仿佛不知道，我们完全是在仿效自己所讨厌所憎恶的现象。我们甚至开始热爱自己的不幸，就像热爱忠诚的朋友。我们栖身于不幸。我们得向它致谢,因为它吞食了我们个体的独特又渺小的苦恼,与苦恼的兄长——巨大的不幸相比,安慰不能奏效,我们日常的忧虑也不管用。我的想法是,如果大家考虑到,在人性中存在这样的看法:强有力的、能吞噬一切的不幸比特殊的烦恼更好;与更可怕的禁锢相比较,大家也会理解、无疑也会原谅如今几代人那令人惊骇的灵活性。巨大的不幸迅速吞噬了无足轻重的背运,也就是所谓的倒霉。因此,我们在那些年都热爱着巨大的不幸。

哦,不,我们面对它,没法快乐,没法买下快乐,没法骗取快乐,没法夺取快乐。我们经常寻觅开心,经常哈哈大笑。我们大手大脚地花钱,尽管我们几乎已经是穷光蛋了,这也没关系。我们借来借去,彼此赠送,借一笔债来偿还前一笔债务。我们的生活与最后的审判之前一天如此相似,我们从带毒的花朵中吮吸花蜜,赞颂正在毁灭的太阳是使万物生长的布施者,把正在枯萎的地球当作生殖之母来亲吻。

春日临近,维也纳的春天,没有哪首令人垂泪的诗歌能够指摘它。没有哪首流行乐曲包含了沃提夫公园或人民公园乌鸫鸣叫声里的衷情。没有哪首押韵的歌词像四月天普拉特公园售货摊前商贩那友好亲切而又粗野嘶哑的叫卖声那样有力。谁可以赞美金链花的金色?它在邻近灌木丛的一片新绿中小心翼翼地寻觅藏身之处却白费心思。接骨木那妩媚的香气已经临近了,这是一个郑重的许诺。维也纳森林里的紫罗兰已经变成紫色了。人们成双结对。我们在常去的咖啡馆里说笑话、下棋、掷飞镖、打杜洛克纸牌。我们赢得或输掉毫无价值的金钱。

对于我的母亲来说,春天颇有意义,她从四月十五日开始每个月两次前往普拉特公园,不像冬天那样每月仅去一次。马车夫的人数很少了。马匹因为年老力竭而死去。人们屠宰了许多马儿,把它们做成香肠来食用。在旧军队的车棚里还可以见到报废马车的部件。拥有橡胶车轮马车的齐尔斯基家、帕拉维奇尼家、施特恩贝格家、埃斯特霍兹家、迪特里希施泰因家以及特劳特曼斯多夫家当时还提供驾车服务。我的母亲天生仔细,随着年龄的增长,她变得更为仔细了,她与为数不多的马车夫的其中之一“达成了协议”。他每月两次准时在上午9点来接我的母亲。我有时陪着母亲,尤其在下雨的日子里。在难受的日子里——雨天对她来说就是其中之一——她不想独自前往。在撑开的雨棚下,在静谧和善的曙光中,我们俩不怎么讲话。“克萨韦尔先生,”我的母亲对马车夫说,“给我讲点什么吧。”他让马儿向前小跑几分钟,转头面朝我们,给我们讲各种各样的信息。他的儿子接受过高等教育,从战场中返回家园,是一个活跃的共产党人。“我儿子说，”克萨韦尔先生说，“资本主义完了。他不再叫我父亲。他称呼我为：马车夫阁下！他的头脑很好。他知道他想要什么。他对我的马儿一窍不通。”我的母亲询问，她是否也属于资本家。“毫无疑问，”克萨韦尔先生说，“所有不工作也能生活的人都是资本家。”——“那么乞丐呢？”我的母亲问。“乞丐不工作，但是也不会乘马车去普拉特公园，不像您，尊敬的夫人！”克萨韦尔先生回答。我的母亲对我说：“雅各宾党人！”她还考虑到用“有产阶级”的腔调说这句话。但是克萨韦尔先生听懂了。他转头对我们说：“我儿子是一个雅各宾党人。”然后他啪啪抽响马鞭，就好像为自己的历史知识鼓掌叫好似的。

总的来说，我的母亲一天天变得不公正起来，尤其从我抵押贷款那天开始。工艺美术设计、伊丽莎白、女教授、短头发、捷克人、社会民主党人、雅各宾党人、犹太人、罐头肉、纸币、有价证券、我的岳父：这些都是她轻蔑和敌视的对象。我们的律师，基尼欧维尔博士，曾经是我父亲的一个朋友，她为了简便，称之为犹太人。我们的女用人被她叫作雅各宾女党员。我们的看门人是长裤汉，约兰特·萨特马利女士干脆被她称呼为凯茨克梅特。在我们的生活中出现了一个陌生人，他自称为库尔特·冯·施特腾海姆，来自勃兰登堡地区，他决定不惜一切代价在全世界推广工艺美术产品。

他看上去就像如今被评价为热情奔放的那一类人，可以理解为一种国际网球大师和乡村贵族的混合体，稍微带点来自海洋或者船舶公司那样的气质。这一类人往往来自波罗的海诸国、波美拉尼亚，甚至来自吕纳布尔格荒原。我们还是相对幸运的，我们的冯·施特腾海姆只是来自勃兰登堡。

他个子高大，精壮有力，毛发金黄，脸上长着雀斑，他的前额上少不了剑伤疤痕，那是普鲁士人的标志。令人意外的是，他还戴着单片眼镜，以至于大家只能认为他带单片眼镜也是一种理所当然。为了舒适起见，我自己偶尔会使用单片眼镜；我过于爱慕虚荣，因此不戴眼镜。单片眼镜仅仅在波美拉尼亚人、波罗的海诸国之人以及勃兰登堡人的面孔上才能产生假象，仿佛是第三只多余的眼睛，它对天然的眼睛没有帮助，只是眼睛的玻璃罩子。每当冯·施特腾海姆先生夹紧单片眼镜时，他看上去就像点燃一根香烟之后的约兰特·萨特马利教授。每当冯·施特腾海姆先生讲话或者激动时，他前额上的该隐的符号就变成血红色；这个男人的激动很多余，因为与他的激动形成矛盾的是他那令人诧异的话语，他用这些话语来表达激动，比如："那么，我可以告诉您，我是不会妥协的。"或者："我一直在说：别丧失信心。"或者："我可以肯定，我对此发誓！"诸如此类。很明显，我们的抵押贷款不能满足我岳父的需要。冯·施特腾海姆先生允诺大力参与伊丽莎白·特罗塔的工作室。我的岳父有几次把我们召集到一块。正因为这笔抵押贷款,他终于把我“带进”工艺美术设计行业了！他至少得向我介绍我们的第三位股东。——“我认识一位特罗塔伯爵!”在我们几乎还没说完见面后头两句话的时候,冯·施特腾海姆先生叫起来。——“您弄错了,”我说,“只有加封为男爵的特罗塔一家,如果他们还活着的话!”——“当然,我想起来了,是男爵,那位老上校。”——“您又弄错了,”我说,“我叔叔是地方行政长官。”——“抱歉!”冯·施特腾海姆先生答复道。他的剑伤疤痕变得血红。

冯·施特腾海姆先生有个主意,他把我们的公司命名为“约兰工作室”。然后它就可以登记注册了。每当我走进办公室时,伊丽莎白都在勤奋作图。她画些令人费解的东西,比如八面体各个面上的九角星或者一只有十个手指头的手,这只手要用玛瑙来制作并命名为“克里希那穆提①的赐福”;或者黑底上的一头红色公牛,名称是“神牛阿皮斯②”,一艘名为“萨拉米斯③”的三列桨座战船,以及一只蛇形手镯,名字叫克利奥帕特拉④。约兰特·萨特马利教授构思并

① 克里希那穆提:印度人,被称为20世纪最伟大的通灵导师。
② 神牛阿皮斯:古埃及神话中的神牛。
③ 萨拉米斯:希腊的一个岛屿。
④ 克利奥帕特拉:埃及艳后。

向她口授这些设计图。此外，在我和萨特马利教授之间存在一种酝酿着灰色、孕育着仇恨的拘谨的友好，在此基础上我们停止了针对彼此的醋意。伊丽莎白爱我，我对此毫不怀疑，她只是害怕约兰特教授，这是恐惧中的一种。对于“恐惧”，现代医学经过竭力研究已经成功定义并成功诠释。自从冯·施特腾海姆先生作为第三个合伙人加入我们“约兰工作室”以来，我的岳父就把我和那位女教授看作碍眼人物，是工艺美术设计道路上的障碍，任何一个有用的场合我们都派不上作用，我们绝对配不上获悉公司的艺术及商业规划的资格。我不过还是伊丽莎白的丈夫罢了。冯·施特腾海姆先生拟定各种语言的商品说明小册子，并把它们也寄往世界各地。收到的回复越少，他就越发热情洋溢。在收到两把柠檬黄的椅子后，新窗帘也到货了，还有一张柠檬黄沙发，带黑色斑马条纹；两盏灯，配有日本纸制成的六面灯罩；一张羊皮纸地图，所有的国家和城市都用大头针在地图上标示出来了——所有的国家和城市，包括那些和我们公司没有业务往来的地方。

在那些我去接伊丽莎白的傍晚，我们既不聊冯·施特腾海姆，也不聊约兰特·萨特马利教授，也不聊工艺美术设计。这是我们之间的默契。我们甜蜜地度过色彩浓郁的春日夜晚。毫无疑问：伊丽莎白爱我。

我有耐心。我在等待。我在等待那一刻——伊丽莎白自愿对我说,她想完完全全到我身边来。我们位于帕尔特雷的公寓在等待。

母亲从来没有向我询问过伊丽莎白的打算。她不时提及此事,比如“你们一旦搬进来”,或者“如果你们和我住在一起”,诸如此类。

夏末时的结果表明:我们的“约兰工作室”赚不到钱。此外,我的岳父不走运,他的“摆脱困境的其他方法”也失败了。他在冯·施特腾海姆先生的介绍下投资马克。马克贬值了。我应当用我们的房子第二次申请抵押贷款,借贷更高金额。我找母亲谈这件事,她不想听。我告诉了岳父。——“我一直就知道,你没本事,”他说,“我自己去和她谈。”

他去找我的母亲,但并不是一个人,而是和冯·施特腾海姆先生一起。我的母亲对陌生人感到害怕甚至厌恶,她请求我留下来。因此我留在家中。

令人惊诧的事情发生了,我的母亲居然喜欢冯·施特腾海姆先生。在我家客厅里进行协商时,我甚至留意到,她为了更清楚地听见他那些滔滔不绝而又空洞多余的说辞,是怎样微微俯身向前的。——“魅力十足!”我的母亲评价道。“魅力十足!”她重复了几遍,而且是在冯·施特腾海姆先生讲最无关紧要的废话时。他也做了一个关于工艺美术设计的总体性报告,特别介绍了“约兰工作室股份公司”的产品。我善良的老母亲,她现在对工艺美术设计的理解也还并不比很久之前听了伊丽莎白的报告之后多,可是她反复说道:“现在我明白了,现在我明白了,现在我明白了。”

冯·施特腾海姆先生投其所好地说道:“别忘了哥伦布竖鸡蛋的故事,尊敬的夫人!”——我的母亲就像应声虫一样,乖乖地重复道:“哥伦布竖鸡蛋!——我们还会进行第二次抵押贷款。”

我们的律师基尼欧维尔首先表示反对。“我警告您!”他说,“这是一笔没有前途的交易。我知道,您的岳父大人压根就没钱了。我打听过了,这个冯·施特腾海姆先生依靠您的贷款为生。他自称,他投资了柏林动物园的跑马场。我在柏林的同事告诉我,这不是真的。我是您已故父亲的一个真正的朋友:我告诉您实情。我比那个约兰特·萨特马利教授还像教授。她不曾上过维也纳或者布达佩斯的任何一所研究院。我警告您,特罗塔先生,我警告您。”

在这个“犹太人”歪斜的夹鼻眼镜后面是一双泪汪汪的黑色小眼睛。他一半灰白的小胡子向上翘,另一半绝望地朝下耷拉。由此在一定程度上明显表现出他个性上的矛盾。他能够在阴森森地讲完很长一段谈及我必然覆灭的话语之后,突然以呼喊结束演说:“一切结果都会好的!上帝就是父亲!”他在遇到任何错综复杂的事务时都重复这句话。这个亚伯拉罕的子孙、恩赐与厄运的继承者、轻浮的奥地利人、忧郁的犹太人,虽然多愁善感,尽管戴着一副歪斜不稳的夹鼻眼镜,但是头脑清醒,严格把握界限,以防感情开始变得危险。随着时光流逝,他对我来说就像兄长一般亲切。我经常在没有理由没有必要的情况下去他的办事处。他的工作台上放着他两个儿子的照片。大儿子阵亡了,小儿子正在学医。“他脑子里对社会有不切实际的想法,”老基尼欧维尔博士说,“学习治疗癌症的医疗手段要比这个重要多少啊!我自己恐怕也有一个肿瘤,在肾后面。我的儿子在学医的时候,应该想想他的老父亲,而不是想着拯救世界。救世主已经够多了!您也想拯救工艺美术设计!您的母亲想拯救祖国。她把可观的全部财产都投入到战争公债中了,只留下少量生活保障。您的母亲也许在想象,这些足以保障一个安逸的晚年生活了。靠这些,她可以紧巴巴地生活两个月。您没有职业。您也不会去找工作。但是当您开始赚不到钱的时候,您就会走向毁灭了。我建议您:您有一套房子,您可以拿它来做膳宿公寓。您要尝试让您的母亲理解。这次抵押贷款不是最后一次。您还会再需要第三次和第四次。请您相信我!上帝就是父亲!”

冯·施特腾海姆先生经常来看望我的母亲,但是很少提前打招呼。我的母亲一直热情地,有时甚至是激动地招待他。我在一旁惊讶而又苦恼地观察到,这个平日里严肃挑剔的老太太是怎样宽容愉快地接受、赞同、夸奖、尊敬那些粗笨的玩笑话、蹩脚的说辞和气人的手部动作的。冯·施特腾海姆先生有个习惯,为了看手表上的时间,他毫无顾忌、幅度惊人地伸展肘部,把左手移到眼前。我总觉得,他似乎会碰到左边一位幸好并不存在的邻座。他举起咖啡杯时,习惯于像一位家庭女教师一样翘起右手的小指头,恰好是戴着笨重的徽章戒指的那根手指,那个徽章看上去就像一只昆虫。他用非常普鲁士的那种带喉音的声音讲话,与其说这声音是从喉咙里发出的,还不如说仿佛是从烟囱里传出来的,令他们有时候说的重要内容也变得空洞无物了。

恰恰就是这样一个人讨得了我亲爱的老母亲的欢心。“魅力十足!”她如此评价他。

二十八

在我当初还未能察觉之时,他渐渐也博得了我的好感。我需要他,因为母亲,我真的需要他。他在我们的住所与伊丽莎白之间建立了联系。我无法长此以往夹在两个女人中间，甚至是夹在三个女人之间，如果把女教授也计算在内的话。自从冯·施特腾海姆先生发现我的母亲对他具有令人意外的好感以来，伊丽莎白有时也到我们家里来。母亲只是暗示过，她不希望见到女教授。此外，女教授明显和伊丽莎白疏远了。这部分也得归功于冯·施特腾海姆先生，他也由此博得了我的好感。我令自己习惯他那出人意料的傲慢派头（我对此感到惊讶的情况越来越少）以及他讲话时高于空间需要两至三档强度的洪亮嗓门。他好像根本不知道空间也有大小的区别，比如房间和火车站大厅是不同的。在我母亲的客厅里，他的嗓门要比别人高出几个等级，一些不讲究的人经常用这样的嗓门打电话。他简直是站在大街上叫喊。由于他只使用空洞的俗语，所以这些声音听上去就更震耳欲聋了。我在很长一段时间内都感到惊讶的是：每一个强烈的声响、过多的噪声、街头音乐，甚至露天音乐会都会造成母亲身体不适，她却能忍受冯·施特腾海姆先生的声音，甚至还认为他魅力十足。几个月后的一次偶然事件才让我得知她这么宽容的原因。

一天傍晚，我在一个与以往不同的时刻回到家里。我想向母亲表达问候，于是寻找她。女用人告诉我，她坐在图书室里。我们图书室的门挨着客厅，门敞着，因此我不必敲门。老太太显然没听见我的问候。我起先以为她在阅读时睡着了。她当时背对我坐着,脸朝窗户。我走近一些,发现她并没有睡觉,她正在阅读,甚至还在我朝她走近的片刻翻了一页书。“晚上好,妈妈!”我说。她还是没有抬起头来。我抚摸她。她居然吓了一跳。“你怎么现在到这儿来?”她问。——“就一会儿,妈妈,我想找出施蒂阿斯尼的地址。”——“好久没有听到他的消息了。我想,他已经去世了。”施蒂阿斯尼博士是法医,年纪和我一样,母亲一定是误解我的意思了。——“我说的是那个施蒂阿斯尼。”我说。——“当然,我想,他两年前就去世了。他至少已经八十岁了!”——“喔,去世了!”我重复道。——我现在知道了,母亲耳背了。不过由于她自律,那种我们年轻一代自幼时起便不再担负的非同寻常的自律,这令她形成了这种常人难以理解的坚强,在那些她在家中等待我的岁月里抑制住种种不便。在那些她等待着我的长久岁月里,她对“听见”做了准备。她本人一定清楚,她受到了年岁增长的一次打击。日后——我如此想着——她会聋,就像那架没有琴弦的钢琴!是的,在她令人费解地取出琴弦时,也许那个时候她就已经真切地预感到自己会耳聋了;她隐约在害怕,害怕以后再也不能准确地听见声音了!给予老年人的所有打击中,对于我的母亲——一个真正的音乐之子而言,耳聋是最为沉重的。此刻,她让我觉得高大得几乎超出尘世,她脱离现实进入另一个世纪,进入一个已经消逝已久的英雄群体——因为隐瞒及否认缺陷是高贵英勇的。

她因此尊敬冯·施特腾海姆先生。显然,她最理解他,她也感激他。他的陈词滥调并不令她感到疲倦。我和她告别,我想去我的房间拿施蒂阿斯尼的地址。“妈妈,我八点钟下来,好吗?”我现在已经抬高嗓门在喊叫,声音有些过于响亮了。——“你从什么时候开始这么大声叫嚷了?”她问。“来吧,我们吃樱桃丸子,不过是面粉做的。”

我想方设法极力驱逐开办膳宿公寓的念头。我的母亲成为膳宿公寓的业主!这是多么令人难以理解的、荒谬的想法啊!耳背这件事提升了她的尊严。她现在也许再也听不见自己拐杖的敲击声了,甚至连自己的脚步声都听不到了。我现在理解了,她为什么如此宽厚地对待我们的女用人——她是一个来自郊区、头脑迟钝的乖孩子,头发金黄、身材丰满、笨拙迟钝,行动时容易发出很大声响。我的母亲和膳宿公寓住宿者!我们的房子里会响起数不尽的铃声,在我的母亲不能听见这些肆无忌惮的铃声时,这些尖锐刺耳的声音至今还在我耳边愈加顽固地喧闹着。可以说,我不得不为我们两人聆听,为我们两人被住宿者责怪。——但是还可能拥有别的出路吗?——基尼欧维尔博士说得对。工艺美术设计会挥霍掉一次又一次的抵押贷款。

我的母亲不关心这件事。如同人们常说的那样,我得独自一人承担责任。我——和一份责任!似乎不是因为我是个胆小鬼。不,我纯粹就是没有能力。我不惧怕死亡,可是我惧怕办事员、公证人和邮政代办所主管。我不会计算,如有必要才做加法。乘法已经令我头痛了。是的,我以及一份责任!

这个冯·施特腾海姆先生却生活得无忧无虑,像只迟钝的鸟儿。他一直有钱,他从不借钱,相反,他邀请我所有的朋友。我们不喜欢他,这毫无疑问。每当他突然出现在咖啡馆时,我们所有人都默不作声。此外他还有个习惯,每周都带一个不同的女人前来。他四处拉人,类型各异:女舞者、女收银员、女裁缝、制帽女工人、女厨师。他郊游、买西服、打网球、在普拉特公园骑马。一天傍晚,他在我们家的大门口迎面碰上我,那时我正想回家。他看上去很急,车正在等着他。“我得离开了!”他说道,并躬身上车。

伊丽莎白和我母亲坐在一起。她显然是和冯·施特腾海姆先生一起来的。我感觉到房子里呈现出一些陌生的气息,如同一种异乎寻常、前所未有的气味。我不在家的时候,这儿一定发生了什么出乎意料的事。我进屋时,两个女人在彼此交谈,只不过是那种勉强聊天的方式,我立刻就察觉到了,她们的谈话是为了迷惑我而特意设计的。

“我在门口碰到冯·施特腾海姆先生了,”我开口说道。——“是的,”伊丽莎白说,“他陪我来的。他和我们一起在这儿待了一刻钟。”——“他忧心忡忡,这个可怜人!”我的母亲说。——“他需要钱?”我问。——“确实如此!”伊丽莎白回答。“我们今天发生争执了!长话短说:约兰特需要钱。大家应该给她钱。她这是第一次需要钱。因此她想离开公司。施特腾海姆急需钱。我父亲说,他这几天要付款。所以,我陪施特腾海姆到这儿来了。”——“我母亲给他钱了?”——“是的!”——“现金?”——“一张支票!”——“多少!”——“一万!”根据“犹太人”的情报,我知道,埃夫鲁西银行里,母亲只有变得不值钱的、越来越不值钱的五万克朗。

我以前还从来不敢这样。在母亲严肃又惊骇的目光注视下,我开始在屋子里来回走动。我生命中第一次敢于在母亲在场时如此提高嗓门,我几乎是在吼叫。反正我是发怒了。长时间累积下来的对施特腾海姆、约兰特和岳父的全部愤慨占据了我,以及对自己堕落的愤懑。对母亲的愤怒也混合在里面——我嫉妒施特腾海姆。我第一次敢在母亲面前使用一个仅仅出现在娱乐场所的禁忌词汇。“普鲁士猪猡。”我骂道,连我自己都吃了一惊。

我让自己继续说道:我禁止母亲在没有经过我同意的情况下再次签写支票。我同时也禁止伊丽莎白再把任何需要钱的人带到我可怜的母亲面前。“不管是哪个不知从哪儿冒出来的家伙。”我逐字说道。因为我了解自己,我非常清楚,三年来我只有几次机会勇于表达自己的意志、憎恶以及对他人和状况的坦率看法,我有意识地升级自己的怒火。我嚷着:“我也不想再见到那个女教授了!”还有:“我不想再听到工艺美术设计这个词了。一切都要井井有条,伊丽莎白! 你搬到这儿来,和我住在一起。”

我的母亲用她那双悲伤的大眼睛注视着我。对于我的突然发作,她显然既惊讶又欢喜。“他的父亲也是这样的!”她对伊丽莎白说道。我时至今日也相信,这完全可能——我的父亲在过去像我当时那样说话。我需要离开这栋房子。

“他的父亲,”我的母亲继续说道,“有时就像雷雨。他砸碎了这么多盘子! 这么多盘子,在他生气的时候!”——她展开双臂,想给伊丽莎白展示我父亲砸碎的盘子数量。“每半年一次!”我的母亲说。“就像疾病一样,特别容易在夏季爆发:每当我们前往伊舍尔,打包旅行箱的时候。他不能忍受这件事。这个孩子也不能。”她补充道,尽管她从未在打包旅行箱时观察过我。

我真想伸开双臂拥抱她,这个耳朵渐渐变聋的可怜老太太。这样就好。她再也听不到现在的噪音了。她只听得到过去的声音，比如我愤怒的父亲砸碎盘子的声音。与渐渐耳背、年纪较大者常常出现的情况一样，她也开始健忘。这样也好！自然是多么仁慈啊！它赠与老年人缺陷，实际上是对他们表示怜悯。当我们年老的时候，它赠与我们遗忘、耳聋和差劲的视力；在我们临死前，还给我们一点点混乱。它提前送来的阴影既凉爽又舒适。

二十九

我的岳父投机法国法郎，他认为它会跌。他那种类型的许多人都这样。这是一次错误的投机。他“摆脱困境的其他方法”一个也没有了。“约兰工作室”没有带来一个子儿的收益。整套柠檬黄家具毫无裨益。约兰特·萨特马利教授的构思没有用。我的妻子伊丽莎白那令人费解的图画不再有任何价值。

我那始终灵活的岳父对工艺美术设计最终丧失了兴趣。他突然转向报纸企业。那时的人们按照德国模式开始在奥地利使用“报业”这个词。他投资了所谓的《星期一报》。他也想把我“带进”这个行业。正如人们所言，他给我投资建议。他赚到钱了。我们的房子在扣除贷款之后还留下几乎三分之一。在政府采用了新货币之后，经过证实，我母亲在埃夫鲁西银行里的存款几乎只剩下几千先令了。

冯·施特腾海姆先生第一个从我们的生活中消失。套用一句他自己经常喜欢使用的短语，他"偷偷溜走"了，连一封告别信都没写。他只是拍了一份电报："紧急约会。不日返回！施特腾海姆。"约兰特·萨特马利教授坚持的时间最长。在这几周，配置了柠檬黄家具的高档工作室已经租给伊拉克有限责任公司了，这是一家经营波斯地毯的公司。在这几周，我的岳父正在想方设法把他的房子卖给维也纳镇。世界的一半已经改变了，但是约兰特·萨特马利女士还留在她住宿的雷吉纳宾馆。她决定不放弃她的任何习惯和规矩。她一直还在设计。她成功离婚了：她的丈夫每月支付给她一笔钱。她常说要去旧金山，陌生的土地吸引着她。她觉得欧洲"一团糟"。但是她就是不走。她就是不消失。她有时会出现在我的噩梦里。是的，她在我的噩梦中是一个地狱恶妇，没错，她毁了伊丽莎白的生活，还有我的生活。为什么她仍然留在这儿？她拿她的设计来做什么呢？为什么伊丽莎白每天按时去她那儿呢？去宾馆取那些多余的、不再派得上用场、永远也派不上用场的设计？

"我就像掉进了一个洞窟里！"有一天伊丽莎白向我承

认。“我爱你!”她说。“那个女人对我不放手;我不知道,她想干什么。”——“我们去和我的母亲谈一谈!”我说。我们去我家,走进我们的房子。

时间已经很晚了,但是我的母亲还醒着。“妈妈,”我说,“我带来了伊丽莎白。”——“好的!”我的母亲说,“她应该留在这儿!”

我和伊丽莎白第一次睡在我的房间里,躺在我们的屋顶之下。仿佛是我父亲的房子强化了我们之间的爱情,仿佛它赐福于她。我的脑海中一直保留着那个夜晚,一个真正的新婚之夜,我这一生中唯一的新婚之夜。“我想给你生个孩子。”半梦半醒之间,伊丽莎白这样说。我把这句话当作一种寻常的温柔。但是第二天清晨,当她醒来时——她醒着——她搂着我的脖子,用一种朴实的、朴实到几乎不留情的声音对我说:“我是你的妻子,我想怀上你的孩子,我想离开约兰特,她让我恶心,我想要个孩子。”

伊丽莎白从那个早上开始留在我们的房子里了。约兰特·萨特马利教授还送来了一封简短的告别信。她并没有像她当初恐吓的那样去旧金山,而是去了她认为适合的布达佩斯。——“凯茨克梅特教授究竟在哪儿?”我的母亲偶尔会问起。——“在布达佩斯,妈妈!”——“她还会再来的!”我的母亲预言。我的母亲应该是对的。

我们所有人现在住在一栋房子里,情况相当不错。我的母亲为了我,甚至乐意克制住自己的尖酸。她不再叫他“犹太人”了,而是像之前的许多年一样称呼他为基尼欧维尔博士。他固执地坚持自己的意见:我们应该开办膳宿公寓。他属于那种所谓务实派,不会放弃所谓创造性的建议,即使被建议者没有能力去实施。他亦是一个现实主义者,也就是说,他像人们常常只在背后议论的空想家一样顽固。对于一个项目,除了用途之外,他看不到别的;他活在这样的信念之中:所有人,无关乎其本性,都有能力将有利的项目付诸实施。打个比方,就像一名裁缝在制作有用的家具,他不会考虑到房子、门和房间的大小。我们就在这样的情况下开办了一家膳宿公寓。基尼欧维尔博士努力办理我们需要的营业许可证,这种努力甚至可以推动一位痴迷者让他的发明获得专利权。“您有那么多朋友!”他对我说。“您大体上得租出去十二个房间。给您的母亲留下两间。您和您的妻子四间。您只需要一个女用人、一台电话机、八张床和呼叫铃。”——在我们去配备这些东西之前,他带来了女用人、电话机、安装工人和租用的床。租客也找到了。肖耶尼基、斯泰思卡尔、哈拉斯茨、格林贝格尔、德沃拉克、赛切尼、海莱斯贝格、利希腾泰、施特罗霍费尔:他们所有人都成了所谓的无家可归者。我把他们都带到了我们的膳宿公寓。

唯一一个从一开始就付租金的是海莱斯贝格男爵，摩拉维亚一个重要的制糖工厂主的儿子。他沉湎于我们这个圈子中绝对陌生的精致的奢侈。他不借债，也不借钱给别人。他无可挑剔地梳理和熨烫，井井有条地在我们之中生活着，和我们相处密切，我们容忍他的温顺、谨慎的礼貌和令人惊叹的毫无幽默。“我们的工厂现在处于困难时期，”比如他可能会这样说，紧接着他立刻开始拿出一支笔和一张纸来计算他父亲的困难。他也期待我们露出同样担心的面容，我们也乐意帮忙。“我必须节约。”然后他常常这样说。

现在，他在我们的膳宿公寓中也节约着。他迅速地提前支付一切费用。他害怕债务和账单，“积少成多”，他喜欢这样说——他对我们所有人仅仅是有限度的尊敬，因为我们容忍“积少成多”。尽管如此，他同时也羡慕我们容许自己“积少成多”的这种能力。我们当中肖耶尼基的这种能力最强。海莱斯贝格也最羡慕他。

令我吃惊的是，我的母亲对于我们的这个“膳宿公寓”感到很高兴。我们的房间里挤满身穿蓝色工作服的安装工人，呼叫铃发出的尖锐声和响亮愉快的嗓音此起彼伏，这一切显然都令她快乐。显然这让她感到，她将开始一种新生活，从头开始，重新来过。她迈着欢快的脚步，生气勃勃地拄着拐杖，在这些房间穿行，在我们三层楼的房子里上下走动。她的嗓音听上去响亮又愉快。我还从未见过她这样。

傍晚时分,她有时会在她的靠背椅上睡着。躺在她脚背上的拐杖就像一只忠诚的手。

这个"膳宿公寓开张了",——如同基尼欧维尔所言。

三十

我现在睡在我们的房子里,我的身边躺着我的妻子。不久之后就证明了,对于持家而言,她具有突出意义。就像许多女人一样,她的思想完全被井井有条和干干净净占据了。和这种灾难性的爱好比邻而居的,还有她的妒忌。我那个时候第一次知道,为什么女人爱房子和公寓甚于爱丈夫。她们,这些女人,首先为子孙准备好巢穴。她们用无意识的诡计把丈夫缠住,令他进入一个由日常的小小义务编织而成的网,这张网无法拆解,他亦无法摆脱。我现在睡在我们的房子里,我的身边躺着我的妻子。这是我的房子。她是我的妻子。

是的!这张床变成在敞开的、可视的房子中心的一栋缄默的房屋,这个在房屋里等待我们的女人变得可爱和简单,因为她在那儿、在身边。她在那儿、在身边,在每个夜晚,在男人归来时。因此男人爱她。男人爱这种安全感。男人特别爱这种等待与耐心。

我们的房子现在有十部电话机和大约一打服务呼叫铃。六个身着蓝色衬衣的男人正在我们的自来水管边施工。基尼欧维尔博士预付了我们房子所有的安装和改建费用。在我母亲的口中,他绝对早就不再是“这个犹太人”了。他晋升为“正直的人”。

秋天时,有意想不到的人前来拜访:我的堂兄约瑟夫·布兰科。他是清晨来的,就像他第一次前来时那般早,仿佛在这期间什么都没有发生过;仿佛我们没有经历过世界大战;仿佛他没有和马内斯·赖西格以及我在巴拉诺维奇家待过,后来又转移到战俘营;仿佛我们的国家没有分裂。他就这样来了,我的堂兄,烤栗子小贩,带着他的板栗、他的骡子,黑头发、黑髭须,虽然脸膛是棕色的,却会像太阳一样发出金色的光芒。就像往常一样,仿佛什么都没有发生过,约瑟夫·布兰科到这儿来了,来售卖他的烤栗子。他的儿子健康活泼,在杜布罗夫尼克[1]上学。布兰科的妹妹也幸福地结婚了。妹夫没有阵亡,非常罕见。

他们有两个孩子,都是儿子:一对双胞胎;为了简便起

① 杜布罗夫尼克:今克罗地亚南部港口城市。

见,两个孩子都叫布兰科。

马内斯·赖西格怎么样了?我问。——“嗯,三言两语很难说清,”我的堂兄约瑟夫·布兰科回答。“他等在下面,他不想一起上来。”

我走下去接他。我没有立刻认出他来:他的胡子变得灰白杂乱。他看上去像质朴的童话书里所描述的冬天。为什么不立刻上去呢?我问。“一年以来,少尉先生,”他回答,“我都想来看您。我在波兰,在茨罗托格洛德。我想继续做马车夫马内斯·赖西格。但是,与上帝相比,这个世界算得上什么呢?一座小城、一个人乃至一介马车夫又算得上什么呢?上帝让这个世界一片混乱,他毁灭了小城茨罗托格洛德。藏红花和雏菊在那儿生长,以前那里是我们的房屋,我的妻子也已经去世了。一颗炮弹撕碎了她,其他茨罗托格洛德人也这样死去。所以我回到维也纳。这里至少有我的儿子埃弗拉伊姆。”

对啊!他的儿子埃弗拉伊姆!我想起了这个神童,以及肖耶尼基怎么把他送进音乐学院的。“他现在做什么?”我问马内斯,这个马车夫。

“我的埃弗拉伊姆是个天才,”老马车夫答道,“他不再演奏了。他说,这不是必不可少的。他是一个共产党员。《红旗》杂志的编辑。他写了不起的文章。这些是他写的。”

我们走进我的房间。马车夫马内斯·赖西格把他的天才儿子埃弗拉伊姆写的所有文章都放在袋子里带来了，很大一包。他请求我为他朗读。我一篇接一篇地大声朗读。伊丽莎白从房间里过来了，后来，公寓住宿者——我的朋友们，也与每个下午一样聚集到我身边。——“其实我是不能留在维也纳的，”马内斯·赖西格说，“我被驱逐出境了。”——他的胡子竖立起来，他的面庞闪闪发光。——“我的儿子埃弗拉伊姆给我搞到一本假护照。这就是。”——他此时向我们展示他的奥地利假护照，他用手指捋捋胡子，说道：“非法的！”然后用骄傲的眼神环顾四周。

“我的儿子埃弗拉伊姆，”他继续说道，“不再需要演奏了。如果革命降临的话，他会成为部长的。”

他坚信世界革命会降临，就像坚信这个事实：日历上，每周都有一个印刷成红色的星期日。

“今年的板栗长得不好，”我的堂兄约瑟夫·布兰科说，“许多都生虫了。我现在卖烤苹果比卖烤板栗多。”

“你们俩究竟是怎么逃出去的？”我问。

“上帝保佑了我们！”马车夫马内斯·赖西格回答，“我们交了好运，宰了一个俄国下士。约瑟夫·布兰科伸腿绊倒了他，用一块石头砸烂他的脑袋。然后我穿上他的制服，拿上他的武器,把约瑟夫·布兰科一直带到希梅林卡①。那儿有占领军,布兰科立即就去报到了。他还得参加战斗。我穿着老百姓的服装躲在一个好心的犹太人那儿。布兰科有这个地址。战争一结束,他就来找我了。"

"了不起的军队!"肖耶尼基叫着,他刚刚走进这间屋子,想与往常一样和我一起喝咖啡。——"您的音乐家儿子埃弗拉伊姆在做什么?"

"他不再需要音乐了,"马车夫马内斯·赖西格回答,"他在革命。"

"我们已经闹过几次革命了,"肖耶尼基说,"不是您想的那样,我并不反对革命!但是现在的革命存在一个问题:无法成功。或许您的儿子埃弗拉伊姆继续搞音乐会更好!"

"现在每个国家都额外需要一张签证!"我的堂兄约瑟夫·布兰科说,"我这一生还没见过这种事。以前每年我都可以四处售卖:在波西米亚、摩拉维亚、西里西亚、加利西亚。"——他列举的都是已经丢掉的前王室领地。"现在这些地方都去不了了。此外我还拿到一本护照。带照片的。"他从上衣口袋里拿出他的护照,把它举起来,给周围的人看。

① 希梅林卡:今乌克兰一城市。

“这只是一个烤栗子商贩,”肖耶尼基说,“但是请你们注意:这简直是一个具有象征意义的职业。对于这个古老的帝国具有象征意义。这位先生四处售卖他的板栗,可以说,走遍了半个欧洲大陆。无论何地,吃到他的烤栗子的地方都是奥地利,就是弗兰茨·约瑟夫统治的地方。现在,没有签证就没有烤栗子。这是怎样的一个世界啊!我要暂别你们的膳宿公寓。我要去斯泰因霍夫,去见我的兄弟。”

我的母亲来了,大家听见她的拐杖在楼梯上敲击出沉重的声响。她认为,每天下午五点准时在我们的房间露面是一种礼貌。到现在为止,我们的膳食公寓住宿者还没人付过钱[1]。肖耶尼基有一次、赛切尼有两次不好意思地前来打招呼,说要延迟支付他们的账单。我的妈妈对他们说,账单由管家负责。她说得不对,管账其实是伊丽莎白的任务。她定时收取款项,又定时支付我们的费用。房子里整天响起刺耳的呼叫铃声。我们现在有两个女用人了。她们像银鼠一样在三个楼层跑上跑下。在这片住宅区周围我们都有赊账。

我的母亲乐意听到这些她还能听得见的铃声、我们的客人制造的噪音,以及她的房子享有的贷款。这个可怜的老

---

① 作者此处的表述与前文矛盾,译文按照德语原著翻译。

太太,她不知道,这根本就不再是她的房子了。她一直还相信这是她的,因为每当她顶着一头白发、拄着她的黑色拐杖下楼来的时候,我们的房间都变得安安静静。她今天认出了约瑟夫·布兰科,她也向马内斯·赖西格表示欢迎。自从我们开办膳宿公寓以来,总的来说,她变得和蔼可亲了。她可能也会欢迎素不相识的人前来拜访。她耳背的情况越来越严重,这个缺陷似乎慢慢毁掉了她的智力。更确切地说,不是耳背令她烦恼,而是她否认耳背这个事实,她总是装作好像耳背并未给她带来任何妨碍。

三十一

伊丽莎白在第二年的四月份生了一个孩子。她不是在医院里把他带到这个世界上来的。我的母亲请求、要求以及命令她在家里生产。

我生育了这个孩子,我请求、要求以及命令他到来。伊丽莎白盼望他降临。我那时爱着伊丽莎白,因而我对此感到嫉妒。我那时是这样想的,除了生育一个孩子之外,我不能把约兰特·萨特马利教授从伊丽莎白的记忆中排挤掉或者抹擦掉;孩子的到来显然能证明我的优势。约兰特·萨特马利教授被遗忘、被抹去了。但是我,老特罗塔,也被遗忘、被抹去了一半。

我不再是那个特罗塔了,我是我儿子的父亲。洗礼时,我给他命名为弗兰茨·约瑟夫·欧根。

可以说,从我儿子诞生那一刻起,我就完全改变了。肖耶尼基和所有住在我们膳宿公寓里的朋友聚集在底层我的房间里,激动地等待着我,就好像他们自己马上要做父亲似的。我的母亲来告诉我,这个孩子降生在凌晨四点。

这是我的孩子,一个难看的血红色生物,长着一颗过大的头颅和令人联想到鱼鳍的四肢。这个生物在不停地哭叫。我立刻爱上了他,这个萌芽于我腰间的小生命,我禁不住非常骄傲:我生育了一个儿子,而不是一个女儿。是的,我弯下腰,仔细察看他小小的生殖器,它看上去就像一个红色小逗号。毋庸置疑:他是我的儿子。毋庸置疑:我是他的父亲。

自从这个世界诞生伊始,已经有数以十亿计的父亲了。我是这几十亿父亲之一。但是那一刻,在我把儿子抱到怀里的那一刻,我沐浴在那种来自远古的极其崇高的幸福余晖中。第六日时,当造物主看见他完成了那些尽管不完美的作品时,萦回于造物主心中的大概就是这种幸福。这个哭叫着的丑陋的血红色小东西躺在我怀里时,我清晰地感受到,在我身上发生了何种变化。我怀里的这个东西如此微小,如此丑陋,如此血红:从他那儿迸发出无法言说的力量,甚至在这个温暖柔软的小小身体里贮藏着我所有的力量,就好像我把自己抓在手中似的——最好的自己。女人的母性是没有限度的。我的母亲对待她刚出生的孙子,就像是她自己分娩而出的一样,她把剩余的爱给了伊丽莎白。因为伊丽莎白给我生了一个孩子,她就成为母亲的女儿了。事实上,伊丽莎白绝不再是她孙子的母亲。

仿佛她之前仅仅是为了等待这个孙子的到来而不能死去似的。可以说,她开始死亡了,缓慢地,就像她生命中的那些时光一样。有一天下午,她没有出现在我们位于底层的房间里。我们两个女用人之中的一个前来报告:我的母亲头痛。其实并不是头痛。我的母亲受到了打击。她的右半身瘫痪了。

她于是成为受我们所有人钟爱的、得到真心实意庇护的一个负担,并长达数年之久。然而当我在每天早晨看到她还活着时,我还是很高兴。她是一个老太太了,她多么容易就会逝去啊!

我的儿子,她的孙子,每天都会被带到她跟前。她只会喃喃道:“小家伙。”她的右半身瘫痪了。

三十二

我的母亲对我来说是一个受钟爱的、得到真心实意庇护的负担。我这一辈子从未喜欢过任何一份职业,我现在终于有了两份职业:我是一个儿子,我是一个父亲。我一连几个小时坐在母亲身边。我们不得不雇用一名男性护士,老太太身体沉重,每天必须有人把她搬进房间,放她坐到桌前。放下她已经很费劲了。她有时候也会要求我,推她在房间里走动走动。她想到处听听、看看。自从她生病以后,她觉得自己错过了许多事,她错过了所有事。她的右眼半睁半闭。当她张嘴时,她的右嘴唇上好像夹着一只铁制的夹子。此外,她只能说出几句话了,多半是名词。有时看上去几乎像她在嫉妒地守护着她的词汇。

我一离开母亲,就走进儿子的房间。伊丽莎白在头几个月是一名热心的母亲,她慢慢地疏远了我们的儿子。我给他取名为弗兰茨·约瑟夫·欧根,我让伊丽莎白和我自己称呼他为格尼。随着时间推移,伊丽莎白开始经常没有原因地离开家。我不清楚,她去了哪里——我也不问她。她走吧,如果她想走!当没有她,就我一个人和我的儿子待在一起的时候,我甚至感到舒适。——“格尼!”我叫他。他圆圆的棕色脸蛋闪烁着光辉。我越来越嫉妒了。我生育了他,这绝对不足以令我满足,我希望,最好是我进行分娩、生产出他。他在房间里爬行,像一只银鼠一样敏捷。他已经是一个人了——还是一只野兽,还是一个天使。我每天,甚至每个小时,都能看得到他的变化。他棕色的卷发变得浓密了,他淡灰色大眼睛里的光泽更强烈了,睫毛更多更黑了,两只小手更灵活了,小手指变得纤细有力。他越来越努力地蠕动着上下嘴唇,小舌头越来越努力地学着说话,他发出的声音越来越令人明白了。我看见格尼长出头几颗牙齿,我看见他第一次有意识地大笑。他第一次走路时,我在他身边,他带着一种突如其来的动力,就像突然恍然大悟了似的,他朝着窗户、朝着阳光、朝着太阳走去;与其说这是一种生理行为,倒还不如说是一个强制性的想法。上帝给予了他这个想法:人可以直立行走。瞧瞧那儿:我的儿子在直立行走。

我在很长一段时间里都不知道,伊丽莎白长达数个时辰,有时甚至长达数日,究竟去了哪里。她经常谈起一个女性朋友、一名女裁缝和一个桥牌俱乐部。除了海莱斯贝格之外,我们其他住宿者支付的费用均不足,并且常常欠账。每当肖耶尼基通过任何偶然的机会从波兰拿到钱,他立刻就为三至四位住宿者支付租金。我们在这片住宅区的赊账行为从未终止过。我对所欠的账一无所知,伊丽莎白坚持由她来管账。但是有一天,在她外出时,肉铺师傅、面包师傅、咖啡经销商、信贷债主都来找我要钱。我只有零用钱,伊丽莎白常常在每天离开家时给我留下几枚硬币。我们有时几天也见不上面。我和朋友们去维默尔勒咖啡馆。阅读报纸以及发表政治见解是肖耶尼基的职责。他每个周日都前往斯泰因霍夫看望他疯掉的兄弟。他们俩只谈论政治。他告知我们:“从身体来说,我这个可怜的兄弟完全疯了。”——“涉及政治,没有第二个人像他那样具有判断力。比如他今天对我说,‘奥地利不是国家,不是故乡,不是民族。它是一种宗教信仰。现在掌权的教士和教会里的那些白痴在我们当中建立一个所谓的民族;在我们这个超民族、世界上唯一存在的超民族当中。我的兄弟,’我兄弟这么对我说,并且把手搭在我的肩上,‘我听说,我们现在是波兰了。我们曾经一直都是。我们为什么不是呢?我们是奥地利人:为什么我们不想做了呢?理论家的行为特别愚蠢。社会民主党人宣布,奥地利是德意志共和国的组成部分;他们总体是令人作呕的所谓少数民族发现者。信奉基督教的阿尔卑斯山白痴追随这些社会民主党人。在这些山上居住着愚蠢,我,约瑟夫·肖耶尼基,如是说。’”

“大家认为，”这位肖耶尼基的兄弟继续说道，“这个男人疯了！我确信：他根本没疯。如果帝国不灭亡的话，他根本不会疯！”他如此结束了自己的演说。

我们在聆听到这样的演说之后沉默不语。我们的桌子上方笼罩着一种忧郁的安静，这种安静不是源于我们的内心，它自上而来。我们并未哭泣，我们绝口不提失去了的祖国。我们有时不约而同地突然开始唱军歌。我们眼下还活着，有血有肉，但是实际上我们已经死了。

我有一天陪同肖耶尼基去斯泰因霍夫，他按照惯例每周探望他的兄弟一次。疯了的肖耶尼基在院子里散步，他生活的空间被封闭隔绝了，尽管他丝毫没有表现出任何暴力倾向。他不认识他的兄弟了。但是当我介绍自己姓特罗塔时，他却立刻清醒了。——“他的父亲在一周前才来过这儿。地方行政长官老特罗塔。我的朋友特罗塔少尉在克拉斯内·布斯克战役中阵亡了。我爱你们所有人！所有人，所有特罗塔。”然后他拥抱我。

“我的官邸在斯泰因霍夫，”他继续说道，“从现在开始，从我住在这儿开始，它就是奥地利的首都和官邸所在地。我在这儿保卫王冠。我获得了授权。我的叔叔莱多肖斯基常说，‘这个小约瑟夫今后会成为一个大人物’。我现在就是。他说对了。”

肖耶尼基现在开始胡言乱语了，都是些让人无法理解的废话。他要他的长筒袜。自从他来到精神病院后，他开始不知疲倦地勤奋编织。“我在编织这个帝国。”他不时说道。当我试图与他道别时，他说：“我没有这个荣幸能认识您。”——“我叫特罗塔。”我说。“特罗塔是索尔弗里诺的英雄，”他反驳道，“他救了弗兰茨·约瑟夫皇帝的性命。这个特罗塔早就死了。我觉得，您是个骗子。”

我也在同一天得知，我的妻子为什么频频长时间离开家，她为什么留下我们的孩子孤零零一人，还有我那可怜的瘫痪的母亲。因为当我回家时，我在那儿碰到了两个我真正敌视的人：约兰特·萨特马利教授和库尔特·冯·施特腾海姆先生。

这表明，他们再次来到维也纳已经数周了。这表明，他们已经放弃了工艺美术。他们现在完全沉醉在电影事业中。亚历山大·拉宾诺维奇——“那个著名的拉宾诺维奇，您不知道他？”——冯·施特腾海姆先生说他在维也纳创建了一家“公司”；又一家公司！这表明，伊丽莎白完全不想继续做一位母亲了；她想方设法要成为一名演员。电影在呼唤她，她觉得自己要去演电影。

有一天，她消失了，她给我留了下面这封信：

我亲爱的丈夫,你的母亲恨我,你不爱我。我感到自己受到了召唤。我跟随约兰特和施特腾海姆。原谅我。艺术的召唤很有力。

伊丽莎白

我把这封信给我瘫痪的母亲看。她读了两遍。然后她用还能动弹的左手抚摸着我的头说:"孩子!——孩——子!"她仿佛在祝贺我,同时又在怜悯我。

谁知道,在她没有瘫痪的时候,她说过多少明智的话。

我的孩子没有妈妈了。我的孩子的母亲在好莱坞,在当女演员。我儿子的祖母是一个瘫痪的女人。

她于二月去世。

三十三

我的母亲在二月的头几日去世。她去世的时候,像她活着时那样,高贵而安静。她对前来给她涂临终圣油的神父说:"请您快一点,阁下!亲爱的上帝并不像教会偶尔想象的那样有那么多时间。"事实上,神父的动作很快捷。然后,我的母亲让我进去。她说话不再模糊不清,又像以前一样流利了，似乎她的舌头从未麻痹过。——“如果你以后再见到伊丽莎白，”她对我如此说道，“但是我认为，这不会发生了——你告诉她，我从未喜欢过她。我就要死了，但是我看不上那些在临死前变得宽宏大量的虔诚的撒谎者。现在把你的儿子抱过来吧，让我再看他一眼。”

我下楼去抱我的儿子，他长高了，已经有相当分量了，我抱着他上楼时，我对他的体重感到很高兴。我的母亲拥抱他，亲吻他，然后把他还给我。

“带走他，”她说，“离远一点！他不应该出现在这儿。你也走开！”她补充道，“我想自己一个人安静地死去。”她是在爆发革命的那个夜晚死去的。整夜，枪声在城市四处砰砰响起，肖耶尼基在晚饭时给我们讲过，政府正在朝工人射击。“这个多尔富斯①，”肖耶尼基如此说，“想干掉无产阶级。请求上帝别惩罚我：我不喜欢他。他必然会埋葬自己。这个世界还没有看到过这样的情况！……”

在中央公墓二号门安葬我的母亲时，还能听到城里响起枪声。我的所有朋友，或者称为我的所有膳宿公寓住宿者，陪伴着我的母亲和我。下冰雹了，就像我返家的那个夜晚一样，是同样糟糕的夹杂着颗粒的雨。

---

① 多尔富斯：指恩格尔贝特·多尔富斯（Engelbert Dollfuß，1892—1934），于1932年至1934年担任奥地利总理。

我们在上午十点埋葬了我的母亲。

当我们从中央公墓二号门走出来的时候,我一眼瞥见马内斯·赖西格。他跟在一副棺木后面大步走着,我没有询问什么就加入了他的队伍。有人引导棺木来到三号门犹太人墓区。

我站在敞开的墓穴前。在犹太教士祷告结束之后,马内斯·赖西格站出来说道:“主给予他生命,主又收回他的生命,主的名字永远被颂扬。总理制造了流血牺牲,他也会流血。鲜血将像湍急的河流般流淌。”——有人试图制止马内斯·赖西格,但是他继续用强有力的声音说道:“杀人者必被杀!上帝是伟大、公正的。”——他然后昏倒在地。安葬他聪明的儿子埃弗拉伊姆时,我们把他抬到一旁。埃夫拉伊姆是一个叛乱者,他开过枪,然后被杀死了。

约瑟夫·布兰科还不时到我们的房子里来。除了他的板栗,他再也没有别的兴趣爱好了。它们今年腐烂生虫了,他,约瑟夫·布兰科,只能出售烤苹果。

我卖掉了这栋房子。我只保留下养老金。

我母亲的离世仿佛把我所有的朋友从这栋房子里驱逐出去了。他们搬走了,一个接着一个。我们只在维默尔勒咖啡馆碰头。

只有我的儿子还为我活着。“杀人者必被杀!”马内斯·赖西格如是说。

我再也不关心这个世界。我把儿子送到巴黎我的朋友拉弗拉维勒那里去了。

我独自一人了,一个人,一个人,一个人。

我前往卡布济的皇家陵寝。

三十四

自从我不再拥有房产、不再拥有家以来,我渴盼钟爱的周五傍晚的到来,只有那个时刻我才有在家的感觉。一旦路灯忧郁地散发出黯淡多余的灯光,我就像往常一样等待着傍晚的守护,我们维也纳的这个时刻比咖啡馆打烊后的夜晚更为宁静更为仁慈。路灯怀念迟至的清晨以及它们自己的熄灭。是的,它们总是很累,这些彻夜不眠的路灯!它们想要拥有清晨,盼望可以安然入睡。

唉,我常常回想起它们在我青年时代的夜晚如何闪烁,这些天空的亲切的儿女,这些太阳和星辰,自愿飘落到此处,照亮维也纳这座城市。凯恩特纳大街上妓女的裙子长至脚踝。下雨时,这些妩媚的人儿就撩高裙子,我看到她们充满诱惑力的系扣鞋。然后,我走进萨赫尔酒店去见我的朋友斯泰恩贝格。他坐在厢座的老位置上,他是最后一位客人。我来接他。我们本来应该一起回家的,但是我们还年轻,夜亦未深(虽然已经是后半夜了),街头的妓女也年轻,那些上了点年纪的看上去也显得年轻,路灯也血气方刚……

我们仿佛穿越回自己的青年时代以及青年时期的夜晚。我们觉得自己居住的房子就像墓穴一般,或顶多算是个收容所。夜晚巡逻的警察给我们敬礼,斯泰恩贝格伯爵递给他们香烟。我们经常和警察一起在空荡荡的灰白色街道中央巡逻,那些妩媚人儿中的一个有时会和我们一起行走,她的步伐与通常在熟悉的人行道上行走时不一样。彼时,路灯稀有并且也简洁,但是因为它们血气方刚,它们散发的光线也更强烈些,有些在风中愉快地摇摆着……

后来,自我从战争中返回维也纳,我不仅日趋衰老,而且还是早衰,维也纳的夜晚也布满皱纹、憔悴不堪了,就像上了年纪的深色皮肤女人。傍晚不再像以前那样莅临了,在她们靠近之前,它回避她们,变得苍白直至消失。在某种程度上,可以说在它们刚要消失之前,大家必须抓住这些迅捷溜走、几近怯懦的傍晚,我最喜欢在公园里感知它们,在人民公园或者普拉特公园,以及在一家咖啡馆里享受它们最甜美的余晖——它们常常渗透进咖啡馆,温馨而轻柔,像一股气味。这个傍晚,我同样前往林德哈默咖啡馆,我装作像其他人那样毫不激动。长久以来,自战争中返回维也纳以来,我已经把自己看作一个不该幸存的人!我早就已经习惯用一个不存于世者的公正眼光观察所有报纸上称为“历史性的”事件!我,作为一名休假者,死神给予我的无限假期已经过于长久了!他,死神,可以随时中断我的假期。这个世界上的事情于我何干?……

尽管如此,它们还是令我操心,尤其在每个星期五。这仿佛与之相关:我,一个生活的退休者,是否应当像以前一样,继续安静从容地花掉我的养老金,在苦涩的安静之中?或者,这可悲又苦涩的安静是否会离我而去?这种安静可以说是一种放弃,我却习惯称之为“一种平静”。前些年,当我的这个或者那个朋友前来对我说,现在终于到了我必须关心这个国家的历史性时刻了,我虽然说的是流行语:“我想静静!”——但是清楚地知道,我应该这样说:“我想放弃!”我亲爱的放弃!它现在也完了!它紧紧跟随在我那些未得到满足的愿望后面……

我走进咖啡馆坐下,我的朋友们坐在桌旁,一直在讲他们的私事。我发现,透过既无情又仁慈的命运,我看见自己封闭了各种可能的兴趣与爱好,只留下在一生中与我关系不大、我一生中常常回避的共性……

我已经几周没有阅读报纸了。有时坐在弗兰茨·约瑟夫码头旁或者伊丽莎白林荫道上时,这些依赖报纸、完全靠新闻和传闻活着的朋友们的言论在我耳边掠过,就像多瑙河的波涛一样,没有留下任何印迹。我已经自我封闭了;封闭了我自己。在生者中,自我封闭意味着与享有治外法权相类似。我恰好是生者中一个不受管辖之人。即使在这样一个星期五的傍晚,朋友们的激动也让我觉得多余;直至这一刻——咖啡馆的门被撞开,一个衣着奇特的年轻人出现在门槛边。因为他打着黑色皮质绑腿,穿着一件白衬衫,戴着一顶军帽,这帽子立刻让我联想到便盆以及我们关于老奥地利便帽的一幅漫画;帽子短小精致,根本不像普鲁士头盔。(因为普鲁士人头上不戴有帽檐的帽子,也不戴便帽,而是戴头盔。)我远离这个世界以及它向我展示的地狱,我不懂如何区别新型款式的帽子和制服,更谈不上去辨认它们。可能存在白色、蓝色、绿色和红色的衬衫,染成黑色、棕色、绿色、蓝色的裤子,各式各样的靴子和马刺,皮革、皮带、腰带以及刀鞘中的匕首:自打从战争中返回维也纳,我为自己作过这样的决定——不去区别和辨认它们,这已经持续很长时间了。因此,与朋友们相比,我最初对这个形象的出现感到更为震惊,这个人就像从地下室的厕所里出来的一样,然而却通过临街的门进来了。好一会儿我都相信:我熟悉的那个地下室厕所突然被移到了店门前，从厕所里出来的一个男人走进来对我们宣布：所有的位置都被占用了。然而这名男子说的是："人民同志们！政府垮台了。一个新的德意志人民政府成立了！"

自我从世界大战中返回维也纳，回到一个满目疮痍的祖国，我就从未想过成立一个政府，遑论成立一个人民政府。时至今日，我还属于——在或许是我最后的时刻到来之前的片刻，请允许我，一个人类，说出事实——一个显然逝去的世界。不言而喻，在我所处的这个世界，人民被统治着，只要他们还是人民，就没有能力统治自己。对于我失聪的耳朵来说——我过去经常听说，它们被称为"反动"——听上去就像一个心爱的女人对我说，她完全不需要我，她可以和自己睡觉，而且是仅仅为了达到生产孩子这个目的，甚至必须如此才行。

这名脚穿奇怪靴子的男子的到来，以及他的特别宣言让我所有的朋友感到恐惧，我尤其感到惊慌失措。我们所有人占了差不多三张桌子。片刻之后，我一个人呆立在原处，不，我感到自己是一个人。我真的觉得自己是一个人，这片刻让我觉得，我好像真的在寻找自己，找了好久，最后却令人吃惊地只找到了自己。我所有的朋友都从座位上站起来了，他们没有沿袭那么多年以来的习惯，没有提前对我说

"晚安",而是呼叫:"服务员,结账!"但是我们的服务员弗兰茨没有过来,因此他们又对着咖啡馆的犹太人老板大声说:"我们明天再结账!"——他们走了,没有再看我一眼。

我仍然在想,他们明天真的会来付账的,服务员弗兰茨眼下在厨房或者其他什么地方,因此才没有像往常那样迅速地出现。但是,吧台后的咖啡馆老板阿道夫·费尔德曼在十分钟后走出来了,他穿着一件礼服,头上戴着一顶硬礼帽,对我说:"男爵先生,我们要永远告别了。如果我们今后还可以在这个世界的某个地方再见的话,我们会认出彼此的。因为这个新的德意志人民政府,您明天肯定不会再到这儿来了。您是回家还是想继续坐在这儿?"

"我待在这儿,像所有的夜晚一样。"我回答。

"那么,再见,男爵先生!我关灯了!这儿有两根蜡烛!"

与此同时,他点燃了两根灰白色的蜡烛,我在一瞬间有这样的感觉:他在我的灵前点燃了祈祷蜡烛,咖啡馆里所有的灯都熄灭了,他脸色苍白,头戴一顶黑色硬礼帽,与其说他还是性格随和、长着银色胡子的犹太人阿道夫·费尔德曼,不如说他看上去更像一个掘墓人。他递给我一个笨重的铅制"卐"字,并说道:

"以防万一,男爵先生!您就安静地待在这儿喝酒吧!

我要关上卷帘门了。如果您想走的话,您可以从里面打开它。卷帘门杆在门右边。"

"我想结账。"我说。

"今天没时间了!"他回答。

他接着就消失了,我听见门前的卷帘已经滚动下来的声音。

我发现自己一个人坐在桌旁,面前点着两根蜡烛。它们粘在人造大理石上,令我联想到一种被点燃的直立着的白色蠕虫。我等待它们弯曲下来的时刻,就像蠕虫应有的样子。

因为我开始感到害怕,我呼叫:"弗兰茨,结账!"——仍和往常每个傍晚一样。

但是过来的并不是服务员弗兰茨,而是看门犬,它同样也叫作弗兰茨,我向来不喜欢它。它的皮毛是黄沙一般的颜色,眼睛湿漉漉的,总是口角流涎。我不喜欢动物,更不喜欢热爱动物的那些人。我一生始终觉得,热爱动物的人会移走一部分对人类的爱。当我偶然得知,第三帝国的德国人热爱狼犬——德国牧羊犬时,我觉得自己的观点具备了特别充分的理由。"可怜的绵羊!"那时我自言自语道。

但是现在看门犬弗兰茨到我这儿来了。尽管我是它的反对者,它却挨着我的膝盖摩擦自己的脸,仿佛在请求我的谅解似的。蜡烛燃烧着，灵堂蜡烛，我的灵堂蜡烛！并没有从圣彼得教堂传来钟声。我从来不带表，我不知道，究竟几点了。

“弗兰茨，结账！”我对狗说，它趴上我的膝盖。我拿起一小块糖递给它。

它没要糖。它只是呜咽了几声。然后它舔我的手，它没有从这只手里拿走礼物。

我现在吹熄一支蜡烛，把另一支从人造大理石台面上掰下来，向门口走去，然后用门杆从里面收起卷帘门。

我其实是想避开这条狗以及它的爱。

我走到街道上，手里拿着门杆，用它再次拉上卷帘门，这时我看见我摆脱不了看门犬弗兰茨了。它跟着我。它不能待在这儿。它是一条老狗了。它为林德哈默咖啡馆至少已经服务十年了，就像我对弗兰茨·约瑟夫皇帝一样；它现在不能继续服务了。我们俩现在都不能继续服务了。“结账，弗兰茨！”我对这条狗说。它用一声呜咽回应我。

完全陌生的十字符号上方，曙色微明。微风拂过，晃动着年迈的路灯，在这个夜晚它们还没有熄灭。我在空荡荡的街道穿行，一条陌生的狗陪着我。它已经决定跟着我了。去哪儿呢？——

我和它一样不清楚。

卡布济教堂地下的皇家陵寝已经关门了,我的皇帝躺在那儿,埋葬在一具石棺之中。卡布济教堂的修道士向我迎面走来,问道:“您想做什么?”

“我想瞻仰我的皇帝弗兰茨·约瑟夫的棺木。”我回答。

“上帝赐福于您!”这位修道士说道,他敲打了一下我头顶上的十字架。

“上帝保佑……!”我大叫。

“嘘!”这位修道士说。

现在,我应该去哪儿,我,一个特罗塔?……

译后记

《先王冢》创作于1938年,作者约瑟夫·罗特于次年在巴黎的贫民医院去世,所以它属于作者的后期作品。这部小说可视为作者另一部作品《拉德茨基进行曲》的续篇,二者在人物关系上有关联。小说主人公与前作主人公均来自特罗塔家族,其祖父为亲兄弟。作者在上述两部曲中,借助特罗塔家族从鼎盛走向衰落的变迁史,为作者理想中的故土家园——奥匈帝国奏响了最后一曲挽歌。

明线与暗线在小说中相互交织,描写了一个失去精神家园的无家可归者的人生悲剧,同时也展现了奥匈帝国走向坍塌的历史真实,读来令人扼腕。明线表现的是小说主人公——来自斯洛文尼亚的富二代弗兰茨·斐迪南·特罗塔从1913年至1938年的人生际遇,生动描写了世纪更迭时期弥漫在维也纳上流社会的“世纪末颓废”,也深刻描摹了老皇帝弗兰茨·约瑟夫的一纸募兵令瞬间改变了从上流社会至底层劳动人民的生活:青壮年纷纷应征入伍,入伍前匆忙结婚导致爱情幻灭;入伍后兵败如山倒,要么战死,要么迅速成为战俘。一战结束,熬过战俘生涯的“幸运儿”在返回故土后又遭遇种种打击。正如小说中所言:“我们所有人都丢掉了地位、头衔和名字,失去了房屋、钱财和价值,没有了过去、现在和未来。”小说的暗线是奥匈帝国在第一次世界大战战败之后走向灭亡、1918 年成立奥地利共和国以及 1938 年被德国吞并等历史事件。在维也纳被纳粹德国占领的那个夜晚,面对国破家亡等种种命运悲剧,小说主人公特罗塔在不知不觉之中,再次来到埋葬着老皇帝弗兰茨·约瑟夫以及其他哈布斯堡皇室成员的卡布济教堂,然而位于教堂地下的皇家墓穴已经关门,他无处可去,于是,他只能喃喃自问:“现在,我应该去哪儿,我,一个特罗塔?……”

显然,我们可以从小说中看出作者约瑟夫·罗特的政治倾向,他通过小说角色肖耶尼基伯爵之口已经表达了自己的主张:只有哈布斯堡王朝(以老皇帝弗兰茨·约瑟夫为象征)统治下的奥匈帝国才能实现多民族共存,它是祖国,是故乡。在 1918 年成立的奥地利共和国他找不到精神家园,在被纳粹德国占领的奥地利他更是无处可去。小说字里行间充溢着作者对逝去的奥匈帝国的无限怀念,以及对民族主义的普鲁士德国及纳粹德国的排斥与强烈愤慨。约瑟夫·罗特文笔简约,但在看似平静的述说之中却蕴藏着浓郁的讽刺意味,对主人公特罗塔软弱个性的悲悯、对醉生梦死“颓废”状态的鄙夷、对奥匈帝国的哀叹、对普鲁士及纳粹德国的嘲讽跃然纸上。

这部小说德文名称是 Die Kapuzinergruft，意即“卡布济教堂的地下皇家墓室”，在翻译中决定采用“冢”这一中文意象来表达“先王的埋骨之处”，希望读者能够接受这一译名。

译者在翻译过程中发现，小说在内容表述上前后有两处明显矛盾，为了不破坏原文，对于前后矛盾之处，译者还是按照原文内容进行翻译，但是用脚注的形式进行了说明，提请读者留意。

聂华

2017 年 11 月于上海

约瑟夫·罗特生平简表

1894 年 9 月 2 日	出生于奥匈帝国东部边境小城布朗迪(今属乌克兰)
1905—1913 年	在布朗迪上德语小学及文理中学
1914—1916 年	在林伯格大学及维也纳大学上学
1916—1918 年	参加第一次世界大战
1919 年起	作为记者,为维也纳、柏林、布拉格的报纸和杂志撰稿
1923 年起	为《法兰克福报》撰稿
1923 年	出版第一部小说《蛛网》(*Das Spinnennetz*),随后出版小说《萨沃伊饭店》(*Hotel Savoy*)、《反抗》(*Die Rebellion*)、《无尽的逃亡》(*Die Flucht ohne Ende*)、《齐珀与他的父亲》(*Zipper und sein Vater*)、《右与左》(*Rechts und Links*)
1924 年	受《法兰克福报》委托进行波兰之旅

1925 年	第一次法国之旅
1926 年	受《法兰克福报》委托进行苏联之旅
1927 年	发表杂文《漫游中的犹太人》(*Juden auf Wanderschaft*)
1928 年	罗特的妻子患精神疾病,罗特开始酗酒
1930 年	出版小说《约伯记》(*Hiob*),取得成功
1932 年	出版小说《拉德茨基进行曲》(*Radetzkymarsch*),半年内再版五次
1933 年	因犹太出身和反对纳粹,被禁止在德国出版作品
1933—1939 年	流亡国外,出版小说《塔拉巴斯》(*Tarabas*)、《假秤》(*Das falsche Gewicht*)、《先王冢》(*Die Kapuzinergruft*)、《一千零二夜》(*Die Geschichte von der 1002. Nacht*)
1939 年	客死巴黎